Joseph von Eichendorff

Das Schloß Dürande

Die Glücksritter

Auch ich war in Arkadien

Drei Erzählungen

Joseph von Eichendorff: Das Schloß Dürande / Die Glücksritter / Auch ich war in Arkadien. Drei Erzählungen

Das Schloß Dürande:
  Erstdruck: Urania. Taschenbuch für das Jahr 1837, Leipzig 1836.
Die Glücksritter:
  Erstdruck: In: Rheinisches Jahrbuch für Kunst und Poesie, 2. Jg., Köln 1841.
Auch ich war in Arkadien:
  Entstanden: 1832.
  Erstdruck: In: Aus dem literarischen Nachlasse Joseph Freiherrn von Eichendorffs, Paderborn 1866.

Neuausgabe mit einer Biographie des Autors
Herausgegeben von Karl-Maria Guth
Berlin 2016

Der Text dieser Ausgabe folgt:
Joseph von Eichendorff: Werke. Nach den Ausgaben letzter Hand unter Hinzuziehung der Erstdrucke herausgegeben von Ansgar Hillach, Bd. 1–3, München: Winkler, 1970 ff.

Die Paginierung obiger Ausgabe wird hier als Marginalie zeilengenau mitgeführt.

Umschlaggestaltung von Thomas Schultz-Overhage unter Verwendung des Bildes: Josef Anton Koch, Die Wasserfälle von Tivoli, 1821

Gesetzt aus der Minion Pro, 11 pt

Verlag: Henricus - Edition Deutsche Klassik GmbH
Mörchinger Str. 33, 14169 Berlin, info@henricus-verlag.de
Druck: Libri Plureos GmbH, Friedensallee 273, 22763 Hamburg

Die Ausgaben der Sammlung Hofenberg basieren auf zuverlässigen Textgrundlagen. Die Seitenkonkordanz zu anerkannten Studienausgaben machen Hofenbergtexte auch in wissenschaftlichem Zusammenhang zitierfähig.

ISBN 978-3-86199-859-4

Bibliografische Information der Deutschen Nationalbibliothek

Die Deutsche Nationalbibliothek verzeichnet diese Publikation in der Deutschen Nationalbibliografie; detaillierte bibliografische Daten sind im Internet über www.dnb.de abrufbar.

Inhalt

Das Schloß Dürande

In der schönen Provence liegt ein Tal zwischen waldigen Bergen, die Trümmer des alten Schlosses Dürande sehen über die Wipfel in die Einsamkeit herein; von der andern Seite erblickt man weit unten die Türme der Stadt Marseille; wenn die Luft von Mittag kommt, klingen bei klarem Wetter die Glocken herüber, sonst hört man nichts von der Welt. In diesem Tale stand ehemals ein kleines Jägerhaus, man sah's vor Blüten kaum, so überwaldet war's und weinumrankt bis an das Hirschgeweih über dem Eingang: in stillen Nächten, wenn der Mond hell schien, kam das Wild oft weidend bis auf die Waldeswiese vor der Tür. Dort wohnte dazumal der Jäger Renald, im Dienst des alten Grafen Dürande, mit seiner jungen Schwester Gabriele ganz allein, denn Vater und Mutter waren lange gestorben.

In jener Zeit nun geschah es, daß Renald einmal an einem schwülen Sommerabend, rasch von den Bergen kommend, sich nicht weit von dem Jägerhaus mit seiner Flinte an den Saum des Waldes stellte. Der Mond beglänzte die Wälder, es war so unermeßlich still, nur die Nachtigallen schlugen tiefer im Tal, manchmal hörte man einen Hund bellen aus den Dörfern oder den Schrei des Wildes im Walde. Aber er achtete nicht darauf, er hatte heut ein ganz anderes Wild auf dem Korn. Ein junger, fremder Mann, so hieß es, schleiche abends heimlich zu seiner Schwester, wenn er selber weit im Forst; ein alter Jäger hatte es ihm gestern vertraut, der wußte es vom Waldhüter, dem hatt es ein Köhler gesagt. Es war ihm ganz unglaublich, wie sollte sie zu der Bekanntschaft gelangt sein? Sie kam nur sonntags in die Kirche, wo er sie niemals aus den Augen verlor. Und doch wurmte ihn das Gerede, er konnte sich's nicht aus dem Sinn schlagen, er wollte endlich Gewißheit haben. Denn der Vater hatte sterbend ihm das Mädchen auf die Seele gebunden, er hätte sein Herzblut gegeben für sie.

So drückte er sich lauernd an die Bäume im wechselnden Schatten, den die vorüberfliegenden Wolken über den stillen Grund warfen. Auf einmal aber hielt er den Atem an, es regte sich am Hause, und zwischen den Weinranken schlüpfte eine schlanke Gestalt hervor; er erkannte sogleich seine Schwester an dem leichten Gang; o mein Gott, dachte er, wenn alles nicht wahr wäre! Aber in demselben Augenblick streckte sich ein langer dunkler Schatten neben ihr über den mondbeschienenen

Rasen, ein hoher Mann trat rasch aus dem Hause, dicht in einen schlechten grünen Mantel gewickelt, wie ein Jäger. Er konnte ihn nicht erkennen, auch sein Gang war ihm durchaus fremd; es flimmerte ihm vor den Augen, als könnte er sich in einem schweren Traume noch nicht recht besinnen.

Das Mädchen aber, ohne sich umzusehen, sang mit fröhlicher Stimme, daß es dem Renald wie ein Messer durchs Herz ging:

> »Ein' Gems auf dem Stein,
> Ein Vogel im Flug,
> Ein Mädel, das klug,
> Kein Bursch holt die ein!«

»Bist du toll!« rief der Fremde, rasch hinzuspringend.

»Es ist dir schon recht«, entgegnete sie lachend, »so werd ich dir's immer machen; wenn du nicht artig bist, sing ich aus Herzensgrund.« Sie wollte von neuem singen, er hielt ihr aber voll Angst mit der Hand den Mund zu. Da sie so nahe vor ihm stand, betrachtete sie ihn ernsthaft im Mondschein. »Du hast eigentlich recht falsche Augen«, sagte sie; »nein, bitte mich nicht wieder so schön, sonst sehn wir uns niemals wieder, und das tut uns beiden leid. – Herr Jesus!« schrie sie auf einmal, denn sie sah plötzlich den Bruder hinterm Baum nach dem Fremden zielen. – Da, ohne sich zu besinnen, warf sie sich hastig dazwischen, so daß sie, den Fremden umklammernd, ihn ganz mit ihrem Leibe bedeckte. Renald zuckte, da er's sah, aber es war zu spät, der Schuß fiel, daß es tief durch die Nacht widerhallte. Der Unbekannte richtete sich in dieser Verwirrung hoch empor, als wär er plötzlich größer geworden, und riß zornig ein Taschenpistol aus dem Mantel; da kam ihm auf einmal das Mädchen so bleich vor, er wußte nicht, war es vom Mondlicht oder vom Schreck. »Um Gottes willen«, sagte er, »bist du getroffen?«

»Nein, nein«, erwiderte Gabriele, ihm unversehens und herzhaft das Pistol aus der Hand windend, und drängte ihn heftig fort. »Dorthin«, flüsterte sie, »rechts über den Steg am Fels, nur fort, schnell fort!«

Der Fremde war schon zwischen den Bäumen verschwunden, als Renald zu ihr trat. »Was machst du da für dummes Zeug!« rief sie ihm entgegen, und verbarg rasch Arm und Pistol unter der Schürze. Aber die Stimme versagte ihr, als er nun dicht vor ihr stand und sie sein bleiches Gesicht bemerkte. Er zitterte am ganzen Leibe und auf seiner

Stirn zuckte es zuweilen, wie wenn es von fern blitzte. Da gewahrte er plötzlich einen blutigen Streif an ihrem Kleide. »Du bist verwundet«, sagte er erschrocken, und doch war's, als würde ihm wohler beim Anblick des Bluts; er wurde sichtbar milder und führte sie schweigend in das Haus. Dort pinkte er schnell Licht an, es fand sich, daß die Kugel ihr nur leicht den rechten Arm gestreift; er trocknete und verband die Wunde, sie sprachen beide kein Wort miteinander. Gabriele hielt den Arm fest hin und sah trotzig vor sich nieder, denn sie konnte gar nicht begreifen, warum er böse sei; sie fühlte sich so rein von aller Schuld, nur die Stille jetzt unter ihnen wollte ihr das Herz abdrücken, und sie atmete tief auf, als er endlich fragte: wer es gewesen? – Sie beteuerte nun, daß sie das nicht wisse, und erzählte, wie er an einem schönen Sonntagsabend, als sie eben allein vor der Tür gesessen, zum ersten Male von den Bergen gekommen und sich zu ihr gesetzt, und dann am folgenden Abend wieder und immer wieder gekommen, und wenn sie ihn fragte, wer er sei, nur lachend gesagt: ihr Liebster.

Unterdes hatte Renald unruhig ein Tuch aufgehoben und das Pistol entdeckt, das sie darunter verborgen hatte. Er erschrak auf das heftigste und betrachtete es dann aufmerksam von allen Seiten. – »Was hast du damit?« sagte sie erstaunt; »wem gehört es?« Da hielt er's ihr plötzlich funkelnd am Licht vor die Augen: »Und du kennst ihn wahrhaftig nicht?«

Sie schüttelte mit dem Kopf.

»Ich beschwöre dich bei allen Heiligen«, hub er wieder an, »sag mir die Wahrheit.«

Da wandte sie sich auf die andere Seite. »Du bist heute rasend«, erwiderte sie, »ich will dir gar keine Antwort mehr geben.«

Das schien ihm das Herz leichter zu machen, daß sie ihren Liebsten nicht kannte, er glaubte es ihr, denn sie hatte ihn noch niemals belogen. Er ging nun einige Male finster in der Stube auf und nieder. »Gut, gut«, sagte er dann, »meine arme Gabriele, so mußt du gleich morgen zu unserer Muhme ins Kloster; mach dich zurecht, morgen, ehe der Tag graut, führ ich dich hin.« Gabriele erschrak innerlichst, aber sie schwieg und dachte: kommt Tag, kommt Rat. Renald aber steckte das Pistol zu sich und sah noch einmal nach ihrer Wunde, dann küßte er sie noch herzlich zur guten Nacht.

Als sie endlich allein in ihrer Schlafkammer war, setzte sie sich angekleidet aufs Bett und versank in ein tiefes Nachsinnen. Der Mond schien

796

6

durchs offne Fenster auf die Heiligenbilder an der Wand, im stillen Gärtchen draußen zitterten die Blätter in den Bäumen. Sie wand ihre Haarflechten auf, daß ihr die Locken über Gesicht und Achseln herabrollten, und dachte vergeblich nach, wen ihr Bruder eigentlich im Sinn habe und warum er vor dem Pistol so sehr erschrocken – es war ihr alles wie im Traume. Da kam es ihr ein paarmal vor, als ginge draußen jemand sachte ums Haus. Sie lauschte am Fenster, der Hund im Hofe schlug an, dann war alles wieder still. Jetzt bemerkte sie erst, daß auch ihr Bruder noch wach war; anfangs glaubte sie, er rede im Schlaf, dann aber hörte sie deutlich, wie er auf seinem Bett vor Weinen schluchzte. Das wandte ihr das Herz, sie hatte ihn noch niemals weinen gesehen, es war ihr nun selber, als hätte sie was verbrochen. In dieser Angst beschloß sie, ihm seinen Willen zu tun; sie wollte wirklich nach dem Kloster gehen, die Priorin war ihre Muhme, der wollte sie alles sagen und sie um ihren Rat bitten. Nur das war ihr unerträglich, daß ihr Liebster nicht wissen sollte, wohin sie gekommen. Sie wußte wohl, wie herzhaft er war und besorgt um sie; der Hund hatte vorhin gebellt, im Garten hatte es heimlich geraschelt wie Tritte, wer weiß, ob er nicht nachsehen wollte, wie es ihr ging nach dem Schrecken. – Gott, dachte sie, wenn er noch draußen stünd! – Der Gedanke verhielt ihr fast den Atem. Sie schnürte sogleich eilig ihr Bündel, dann schrieb sie für ihren Bruder mit Kreide auf den Tisch, daß sie noch heute allein ins Kloster fortgegangen. Die Türen waren nur angelehnt, da schlich sie vorsichtig und leise aus der Kammer über den Hausflur in den Hof, der Hund sprang freundlich an ihr herauf, sie hatte Not, ihn am Pförtchen zurückzuweisen; so trat sie endlich mit klopfendem Herzen ins Freie.

Draußen schaute sie sich tiefaufatmend nach allen Seiten um, ja, sie wagte es sogar, noch einmal bis an den Gartenzaun zurückzugehen, aber ihr Liebster war nirgend zu sehen, nur die Schatten der Bäume schwankten ungewiß über den Rasen. Zögernd betrat sie nun den Wald und blieb immer wieder stehen und lauschte; es war alles so still, daß ihr graute in der großen Einsamkeit. So mußte sie nun endlich doch weitergehen, und zürnte heimlich im Herzen auf ihren Schatz, daß er sie in ihrer Not so zaghaft verlassen. Seitwärts im Tal aber lagen die Dörfer in tiefer Ruh. Sie kam am Schloß des Grafen Dürande vorbei, die Fenster leuchteten im Mondschein herüber, im herrschaftlichen Garten schlugen die Nachtigallen, und rauschten die Wasserkünste; das kam ihr so traurig vor, sie sang für sich das alte Lied:

»Gut Nacht, mein Vater und Mutter,
Wie auch mein stolzer Bruder,
Ihr seht mich nimmermehr!
Die Sonne ist untergegangen
Im tiefen, tiefen Meer.«

Der Tag dämmerte noch kaum, als sie endlich am Abhange der Wald-
berge bei dem Kloster anlangte, das mit verschlossenen Fenstern, noch
wie träumend, zwischen kühlen, duftigen Gärten lag. In der Kirche aber
sangen die Nonnen soeben ihre Metten durch die weite Morgenstille,
nur einzelne, früh erwachte Lerchen draußen stimmten schon mit ein
in Gottes Lob. Gabriele wollte abwarten, bis die Schwestern aus der
Kirche zurückkämen, und setzte sich unterdes auf die breite Kirchhofs-
mauer. Da fuhr ein zahmer Storch, der dort übernachtet, mit seinem
langen Schnabel unter den Flügeln hervor und sah sie mit den klugen
Augen verwundert an; dann schüttelte er in der Kühle sich die Federn
auf und wandelte mit stolzen Schritten wie eine Schildwacht den Mau-
erkranz entlang. Sie aber war so müde und überwacht, die Bäume über
ihr säuselten noch so schläfrig, sie legte den Kopf auf ihr Bündel und
schlummerte fröhlich unter den Blüten ein, womit die alte Linde sie
bestreute.

Als sie aufwachte, sah sie eine hohe Frau in faltigen Gewändern über
sich gebeugt, der Morgenstern schimmerte durch ihren langen Schleier,
es war ihr, als hätt im Schlaf die Mutter Gottes ihren Sternenmantel
um sie geschlagen. Da schüttelte sie erschrocken die Blütenflocken aus
dem Haar und erkannte ihre geistliche Muhme, die zu ihrer Verwunderung, als sie aus der Kirche kam, die Schlafende auf der Mauer gefunden.
Die Alte sah ihr freundlich in die schönen, frischen Augen. »Ich hab
dich gleich daran erkannt«, sagte sie, »als wenn mich deine selige Mutter
ansähe!« – Nun mußte sie ihr Bündel nehmen und die Priorin schritt
eilig ins Kloster voraus; sie gingen durch kühle dämmernde Kreuzgänge,
wo soeben noch die weißen Gestalten einzelner Nonnen wie Geister vor
der Morgenluft lautlos verschlüpften. Als sie in die Stube traten, wollte
Gabriele sogleich ihre Geschichte erzählen, aber sie kam nicht dazu. Die
Priorin, so lange wie auf eine selige Insel verschlagen, hatte so viel zu
erzählen und zu fragen von dem jenseitigen Ufer ihrer Jugend, und
konnte sich nicht genug verwundern, denn alle ihre Freunde waren
seitdem alt geworden oder tot, und eine andere Zeit hatte alles verwan-

delt, die sie nicht mehr verstand. Geschäftig in redseliger Freude strich sie ihrem lieben Gast die Locken aus der glänzenden Stirn wie einem kranken Kinde, holte aus einem altmodischen, künstlich geschnitzten Wandschrank Rosinen und allerlei Naschwerk, und fragte und plauderte immer wieder. Frische Blumensträuße standen in bunten Krügen am Fenster, ein Kanarienvogel schmetterte gellend dazwischen, denn die Morgensonne funkelte draußen schon durch die Wipfel und vergoldete wunderbar die Zelle, das Betpult und die schwergewirkten Lehnstühle; Gabriele lächelte fast betroffen, wie in eine neue ganz fremde Welt hinein.

Noch an demselben Tage kam auch Renald zum Besuch; sie freute sich außerordentlich, es war ihr, als hätte sie ihn ein Jahr lang nicht gesehn. Er lobte ihren raschen Entschluß von heute nacht und sprach dann viel und heimlich mit der Priorin; sie horchte ein paarmal hin, sie hätte so gern gewußt, wer ihr Geliebter sei, aber sie konnte nichts erfahren. Dann mußte sie auch wieder heimlich lachen, daß die Priorin so geheimnisvoll tat, denn sie merkt' es wohl, sie wußt es selber nicht. – Es war indes beschlossen worden, daß sie fürs erste noch im Kloster bleiben sollte. Renald war zerstreut und eilig, er nahm bald wieder Abschied und versprach, sie abzuholen, sobald die rechte Zeit gekommen.

Aber Woche auf Woche verging und die rechte Zeit war noch immer nicht da. Auch Renald kam immer seltener und blieb endlich ganz aus, um dem ewigen Fragen seiner Schwester nach ihrem Schatze auszuweichen, denn er konnte oder mochte ihr nichts von ihm sagen. Die Priorin wollte die arme Gabriele trösten, aber sie hatt es nicht nötig, so wunderbar war das Mädchen seit jener Nacht verwandelt. Sie fühlte sich, seit sie von ihrem Liebsten getrennt, als seine Braut vor Gott, der wolle sie bewahren. Ihr ganzes Dichten und Trachten ging nun darauf, ihn selber auszukundschaften, da ihr niemand beistand in ihrer Einsamkeit. Sie nahm sich daher eifrig der Klosterwirtschaft an, um mit den Leuten in der Gegend bekannt zu werden; sie ordnete alles in Küche, Keller und Garten, alles gelang ihr, und wie sie so sich selber half, kam eine stille Zuversicht über sie wie Morgenrot, es war ihr immer, als müßt ihr Liebster plötzlich einmal aus dem Walde zu ihr kommen.

Damals saß sie eines Abends noch spät mit der jungen Schwester Renate am offenen Fenster der Zelle, aus dem man in den stillen Klostergarten und über die Gartenmauer weit ins Land sehen konnte. Die Heimchen zirpten unten auf den frischgemähten Wiesen, überm Walde blitzte es manchmal aus weiter Ferne. Da läßt mein Liebster mich grüßen, dachte Gabriele bei sich. – Aber Renate blickte verwundert hinaus; sie war lange nicht wach gewesen um diese Zeit. »Sieh nur«, sagte sie, »wie draußen alles anders aussieht im Mondschein, der dunkle Berg drüben wirft seinen Schatten bis an unser Fenster, unten erlischt ein Lichtlein nach dem andern im Dorfe. Was schreit da für ein Vogel?« – »Das ist das Wild im Walde«, meinte Gabriele. –

»Wie du auch so allein im Dunkeln durch den Wald gehen kannst«, sagte Renate wieder; »ich stürbe vor Furcht. Wenn ich so manchmal durch die Scheiben hinaussehe in die tiefe Nacht, dann ist mir immer so wohl und sicher in meiner Zelle wie unterm Mantel der Mutter Gottes.«

»Nein«, entgegnete Gabriele, »ich möcht mich gern einmal bei Nacht verirren recht im tiefsten Wald, die Nacht ist wie im Traum so weit und still, als könnt man über die Berge reden mit allen, die man lieb hat in der Ferne. Hör nur, wie der Fluß unten rauscht und die Wälder, als wollten sie auch mit uns sprechen und könnten nur nicht recht! – Da fällt mir immer ein Märchen ein dabei, ich weiß nicht, hab ich's gehört, oder hat mir's geträumt.«

»Erzähl's mir doch, ich bete unterdes meinen Rosenkranz fertig«, sagte die Nonne, und Gabriele setzte sich fröhlich auf die Fußbank vor ihr, wickelte vor der kühlen Nachtluft die Arme in ihre Schürze und begann sogleich folgendermaßen:

»Es war einmal eine Prinzessin in einem verzauberten Schlosse gefangen, das schmerzte sie sehr, denn sie hatte einen Bräutigam, der wußte gar nicht, wohin sie gekommen war, und sie konnte ihm auch kein Zeichen geben, denn die Burg hatte nur ein einziges, festverschlossenes Tor nach einem tiefen, tiefen Abhang hin, und das Tor bewachte ein entsetzlicher Riese, der schlief und trank und sprach nicht, sondern ging nur immer Tag und Nacht vor dem Tore auf und nieder wie der Perpendikel einer Turmuhr. Sonst lebte sie ganz herrlich in dem Schloß; da war Saal an Saal, einer immer prächtiger als der andere, aber niemand drin zu sehen und zu hören, kein Lüftchen ging und kein Vogel sang in den verzauberten Bäumen im Hofe, die Figuren auf den Tapeten waren schon ganz krank und bleich geworden in der Einsamkeit, nur manchmal warf sich das trockne Holz an den Schränken vor Langeweile, daß es weit durch die öde Stille schallte, und auf der hohen Schloßmauer draußen stand ein Storch, wie eine Vedette, den ganzen Tag auf einem Bein.«

»Ach, ich glaube gar, du stichelst auf unser Kloster«, sagte Renate. Gabriele lachte und erzählte munter fort:

»Einmal aber war die Prinzessin mitten in der Nacht aufgewacht, da hörte sie ein seltsames Sausen durch das ganze Haus. Sie sprang erschrocken ans Fenster und bemerkte zu ihrem großen Erstaunen, daß es der Riese war, der eingeschlafen vor dem Tore lag und mit solcher grausamer Gewalt schnarchte, daß alle Türen, sooft er den Atem einzog und wieder ausstieß, von dem Zugwind klappend auf und zu flogen. Nun sah sie auch, sooft die Tür nach dem Saale aufging, mit Verwunderung, wie die Figuren auf den Tapeten, denen die Glieder schon ganz eingerostet waren von dem langen Stillstehen, sich langsam dehnten und reckten; der Mond schien hell über den Hof, da hörte sie zum erstenmal die verzauberten Brunnen rauschen, der steinerne Neptun unten saß auf dem Rand der Wasserkunst und strählte sich sein Binsenhaar; alles wollte die Gelegenheit benutzen, weil der Riese schlief; und der steife Storch machte so wunderliche Kapriolen auf der Mauer, daß sie lachen mußte, und hoch auf dem Dache drehte sich der Wetterhahn und schlug mit den Flügeln und rief immerfort: ›Kick, kick dich um, ich seh ihn gehn, ich sag nicht wen!‹ Am Fenster aber sang lieblich der Wind: ›Komm mit geschwind!‹ und die Bächlein schwatzten draußen untereinander im Mondglanz, wie wenn der Frühling anbrechen sollte, und sprangen glitzernd und wispernd über die Baumwurzeln: ›Bist du bereit? wir haben nicht Zeit, weit, weit, in die Waldeinsamkeit!‹ – ›Nun, nun, nur Geduld, ich komm ja schon‹, sagte die Prinzessin ganz erschrocken und vergnügt, nahm schnell ihr Bündel unter den Arm und trat vorsichtig aus dem Schlafzimmer; zwei Mäuschen kamen ihr atemlos nach und brachten ihr noch den Fingerhut, den sie in der Eile vergessen. Das Herz klopfte ihr, denn die Brunnen im Hofe rauschten schon wieder schwächer, der Flußgott streckte sich taumelnd wieder zum Schlafe zurecht, auch der Wetterhahn drehte sich nicht mehr; so schlich sie leise die stille Treppe hinab.« –

»Ach Gott! wenn der Riese jetzt aufwacht!« sagte Renate ängstlich.

»Die Prinzessin hatte auch Angst genug«, fuhr Gabriele fort, »sie hob sich das Röckchen, daß sie nicht an seinen langen Sporen hängenblieb, stieg geschickt über den einen, dann über den andern Stiefel, und noch einen herzhaften Sprung – jetzt stand sie draußen am Abhang. Da aber war's einmal schön! da flogen die Wolken und rauschte der Strom und die prächtigen Wälder im Mondschein, und auf dem Strom fuhr ein Schifflein, saß ein Ritter darin.« –

»Das ist ja gerade wie jetzt hier draußen«, unterbrach sie Renate, »da fährt auch noch einer im Kahn dicht unter unserm Garten; jetzt stößt er ans Land.«

»Freilich« – sagte Gabriele mutwillig und setzte sich ins Fenster, und wehte mit ihrem weißen Schnupftuch hinaus –, »»Und grüß dich Gott‹, rief da die Prinzessin, ›grüß dich Gott in die weite, weite Fern, es ist ja keine Nacht so still und tief als meine Lieb!‹«

Renate faßte sie lachend um den Leib, um sie zurückzuziehen. – »Herr Jesus!« schrie sie da plötzlich auf, »ein fremder Mann, dort an der Mauer hin!« – Gabriele ließ erschrocken ihr Tuch sinken, es flatterte in den Garten hinab. Ehe sie sich aber noch besinnen konnte, hatte Renate schon das Fenster geschlossen; sie war voll Furcht, sie mochte nichts mehr von dem Märchen hören und trieb Gabrielen hastig aus der Tür, über den stillen Gang in ihre Schlafkammer.

Gabriele aber, als sie allein war, riß noch rasch in ihrer Zelle das Fenster auf. Zu ihrem Schreck bemerkte sie nun, daß das Tuch unten von dem Strauche verschwunden war, auf den es vorhin geflogen. Ihr Herz klopfte heftig, sie legte sich hinaus, so weit sie nur konnte, da glaubte sie draußen den Fluß wieder aufrauschen zu hören, darauf schallte Ruderschlag unten im Grunde, immer ferner und schwächer, dann alles, alles wieder still – so blieb sie verwirrt und überrascht am Fenster, bis das erste Morgenlicht die Bergesgipfel rötete.

Bald darauf traf der Namenstag der Priorin, ein Fest, worauf sich alle Hausbewohner das ganze Jahr hindurch freuten; denn auf diesen Tag war zugleich die jährliche Weinlese auf einem nahe gelegenen Gute des Klosters festgesetzt, an welcher die Nonnen mit teilnahmen. Da verbreitete sich, als der Morgenstern noch durch die Lindenwipfel in die kleinen Fenster hineinfunkelte, schon eine ungewohnte, lebhafte Bewegung durch das ganze Haus, im Hofe wurden die Wagen von dem alten Staube gereinigt, in ihren besten, blütenweißen Gewändern sah man die Schwestern in allen Gängen geschäftig hin und her eilen; einige versahen noch ihre Kanarienvögel sorgsam mit Futter, andere packten Taschen und Schachteln, als gälte es eine wochenlange Reise. – Endlich wurde von dem zahlreichen Hausgesinde ausführlich Abschied genommen, die Kutscher knallten und die Karawane setzte sich langsam in Bewegung.

Gabriele fuhr nebst einigen auserwählten Nonnen an der Seite der Priorin in einem, mit vier alten dicken Rappen bespannten Staatswagen, der mit seinem altmodischen, vergoldeten Schnitzwerk einem chinesischen Lusthause gleichsah. Es war ein klarer, heiterer Herbstmorgen, das Glockengeläute vom Kloster zog weit durchs stille Land, der Alteweibersommer flog schon über die Felder, überall grüßten die Bauern ehrerbietig den ihnen wohlbekannten geistlichen Zug.

Wer aber beschreibt nun die große Freude auf dem Gratialgute, die fremden Berge, Täler und Schlösser umher, das stille Grün und den heitern Himmel darüber, wie sie da in dem mit Astern ausgeschmückten Gartensaal um eine reichliche Kollation vergnügt auf den altfränkischen Kanapees sitzen und die Morgensonne die alten Bilder römischer Kirchen und Paläste an den Wänden bescheint und vor den Fenstern die Sperlinge sich lustig tummeln und lärmen im Laub, während draußen weißgekleidete Dorfmädchen unter den schimmernden Bäumen vor der Tür ein Ständchen singen.

Die Priorin aber ließ die Kinder hereinkommen, die scheu und neugierig in dem Saal umherschauten, in den sie das ganze Jahr über nur manchmal heimlich durch die Ritzen der verschlossenen Fensterladen geguckt hatten. Sie streichelte und ermahnte sie freundlich, freute sich, daß sie in dem Jahre so gewachsen, und gab dann jedem aus ihrem Gebetbuch ein buntes Heiligenbild und ein großes Stück Kuchen dazu.

Jetzt aber ging die rechte Lust der Kleinen erst an, da nun wirklich zur Weinlese geschritten wurde, bei der sie mithelfen und naschen durften. Da belebte sich allmählich der Garten, fröhliche Stimmen da und dort, geputzte Kinder, die große Trauben trugen, flatternde Schleier und weiße schlanke Gestalten zwischen den Rebengeländern schimmernd und wieder verschwindend, als wanderten Engel über den Berg. Die Priorin saß unterdes vor der Haustür und betete ihr Brevier und schaute oft über das Buch weg nach den vergnügten Schwestern; die Herbstsonne schien warm und kräftig über die stille Gegend und die Nonnen sangen bei der Arbeit:

»Es ist nun der Herbst gekommen,
Hat das schöne Sommerkleid
Von den Feldern weggenommen,
Und die Blätter ausgestreut,
Vor dem bösen Winterwinde

Deckt er warm und sachte zu
Mit dem bunten Laub die Gründe,
Die schon müde gehn zur Ruh.«

Einzelne verspätete Wandervögel zogen noch über den Berg und
schwatzten vom Glanz der Ferne, was die glücklichen Schwestern nicht
verstanden. Gabriele aber wußte wohl, was sie sangen, und ehe die
Priorin sich's versah, war sie auf die höchste Linde geklettert; da erschrak
sie, wie so groß und weit die Welt war. – Die Priorin schalt sie aus und
nannte sie ihr wildes Waldvöglein. Ja, dachte Gabriele, wenn ich ein
Vöglein wäre! Dann fragte die Priorin, ob sie von da oben das Schloß
Dürande überm Walde sehen könne? »Alle die Wälder und Wiesen«,
sagte sie, »gehören dem Grafen Dürande; er grenzt hier an, das ist ein
reicher Herr!« Gabriele aber dachte an ihren Herrn, und die Nonnen
sangen wieder:

»Durch die Felder sieht man fahren
Eine wunderschöne Frau,
Und von ihren langen Haaren
Goldne Fäden auf der Au   804
Spinnet sie und singt im Gehen:
›Eia, meine Blümelein,
Nicht nach andern immer sehen,
Eia, schlafet, schlafet ein.‹«

»Ich höre Waldhörner!« rief hier plötzlich Gabriele; es verhielt ihr fast
den Atem vor Erinnerung an die alte schöne Zeit. – »Komm schnell
herunter, mein Kind«, rief ihr die Priorin zu. Aber Gabriele hörte nicht
darauf, zögernd und im Hinabsteigen noch immer zwischen den Zweigen
hinausschauend, sagte sie wieder: »Es bewegt sich drüben am Saum des
Waldes; jetzt seh ich Reiter; wie das glitzert im Sonnenschein! sie kommen gerade auf uns her.«
    Und kaum hatte sie sich vom Baum geschwungen, als einer von den
Reitern, über den grünen Plan dahergeflogen, unter den Linden anlangte
und mit höflichem Gruß vor der Priorin stillhielt. Gabriele war schnell
in das Haus gelaufen, dort wollte sie durchs Fenster nach dem Fremden
sehn. Aber die Priorin rief ihr nach: der Herr sei durstig, sie solle ihm
Wein herausbringen. Sie schämte sich, daß er sie auf dem Baume gesehn,

so kam sie furchtsam mit dem vollen Becher vor die Tür mit gesenkten Blicken, durch die langen Augenwimpern nur sah sie das kostbare Zaumzeug und die Stickerei auf seinem Jagdrock im Sonnenschein flimmern. Als sie aber an das Pferd trat, sagte er leise zu ihr: er sehe doch ihre dunkeln Augen im Wein sich spiegeln wie in einem goldnen Brunnen. Bei dem Klang der Stimme blickte sie erschrocken auf – der Reiter war ihr Liebster – sie stand wie verblendet. Er trank jetzt auf der Priorin Gesundheit, sah aber dabei über den Becher weg Gabrielen an und zeigte ihr verstohlen ihr Tuch, das sie in jener Nacht aus dem Fenster verloren. Dann drückte er die Sporen ein und, flüchtig dankend, flog er wieder fort zu dem bunten Schwarm am Walde, das weiße Tuch flatterte weit im Winde hinter ihm her.

»Sieh nur«, sagte die Priorin lachend, »wie ein Falk, der eine Taube durch die Luft führt!«

»Wer war der Herr?« frug endlich Gabriele tief aufatmend. – »Der junge Graf Dürande«, hieß es. – Da tönte die Jagd schon wieder fern und immer ferner den funkelnden Wald entlang, die Nonnen aber hatten in ihrer Fröhlichkeit von allem nichts bemerkt und sangen von neuem:

»Und die Vöglein hoch in Lüften
Über blaue Berg und Seen,
Ziehn zur Ferne nach den Klüften,
Wo die hohen Zedern stehn,
Wo mit ihren goldnen Schwingen
Auf des Benedeiten Gruft
Engel Hosianna singen,
Nächtens durch die stille Luft.«

Etwa vierzehn Tage darauf schritt Renald eines Morgens still und rasch durch den Wald nach dem Schloß Dürande, dessen Türme finster über die Tannen hersahen. Er war ernst und bleich, aber mit Hirschfänger und leuchtendem Bandelier wie zu einem Feste geschmückt. In der Unruhe seiner Seele war er der Zeit ein gut Stück vorausgeschritten, denn als er ankam, war die Haustür noch verschlossen und alles still, nur die Dohlen erwachten schreiend auf den alten Dächern. Er setzte sich unterdes auf das Geländer der Brücke, die zum Schlosse führte. Der Wallgraben unten lag lange trocken, ein marmorner Apollo mit seltsamer Lockenperücke spielte dort zwischen gezirkelten Blumenbeeten die Geige, auf der ein Vogel sein Morgenlied pfiff; über den Helmen der steinernen Ritterbilder am Tore brüsteten sich breite Aloen; der Wald, der alte Schloßgesell, war wunderlich verschnitten und zerquält, aber der Herbst ließ sich sein Recht nicht nehmen und hatte alles phantastisch gelb und rot gefärbt, und die Waldvögel, die vor dem Winter in die Gärten flüchteten, zwitscherten lustig von Wipfel zu Wipfel. – Renald fror, er hatte Zeit genug und überdachte noch einmal alles: wie der junge Graf Dürande wieder nach Paris gereist, um dort lustig durchzuwintern, wie er selbst darauf mit fröhlichem Herzen zum Kloster geeilt, um seine Schwester abzuholen. Aber da war Gabriele heimlich verschwunden, man hatte einmal des Nachts einen fremden Mann am Kloster gesehn; niemand wußte, wohin sie gekommen. –

Jetzt knarrte das Schloßtor, Renald sprang schnell auf, er verlangte seinen Herrn, den alten Grafen Dürande, zu sprechen. Man sagte ihm, der Graf sei eben erst aufgewacht; er mußte noch lange in der Gesindestube warten zwischen Überresten vom gestrigen Souper, zwischen Schuhbürsten, Büchsen und Katzen, die sich verschlafen an seinen blanken Stiefeln dehnten, niemand fragte nach ihm. Endlich wurde er in des Grafen Garderobe geführt, der alte Herr ließ sich soeben frisieren und gähnte unaufhörlich. Renald bat nun ehrerbietig um kurzen Urlaub zu einer Reise nach Paris. Auf die Frage des Grafen, was er dort wolle, entgegnete er verwirrt: seine Schwester sei dort bei einem weitläufigen Verwandten – er schämte sich herauszusagen, was er dachte. Da lachte der Graf. »Nun, nun«, sagte er, »mein Sohn hat wahrhaftig keinen übeln Geschmack. Geh Er nur hin, ich will Ihm an seiner Fortune nicht hinderlich sein; die Dürandes sind in solchen Affären immer splendid; so ein junger wilder Schwan muß gerupft werden, aber mach Er's mir nicht zu arg.« – Dann nickte er mit dem Kopfe, ließ sich den Pudermantel umwerfen und schritt langsam zwischen zwei Reihen von Bedienten, die ihn im Vorüberwandeln mit großen Quasten einpuderten, durch die entgegengesetzte Flügeltür zum Frühstück. Die Bedienten kicherten heimlich – Renald schüttelte sich wie ein gefesselter Löwe.

Noch an demselben Tage trat er seine Reise an.

Es war ein schöner, blanker Herbstabend, als er in der Ferne Paris erblickte; die Ernte war längst vorüber, die Felder standen alle leer, nur von der Stadt her kam ein verworrenes Rauschen über die stille Gegend, daß ihn heimlich schauerte. Er ging nun an prächtigen Landhäusern vorüber durch die langen Vorstädte immer tiefer in das wachsende

Getöse hinein, die Welt rückte immer enger und dunkler zusammen, der Lärm, das Rasseln der Wagen betäubte, das wechselnde Streiflicht aus den geputzten Läden blendete ihn; so war er ganz verwirrt, als er endlich im Wind den roten Löwen, das Zeichen seines Vetters, schwanken sah, der in der Vorstadt einen Weinschank hielt. Dieser saß eben vor der Tür seines kleinen Hauses und verwunderte sich nicht wenig, da er den verstaubten Wandersmann erkannte. Doch Renald stand wie auf Kohlen. »War Gabriele bei dir?« fragte er gleich nach der ersten Begrüßung gespannt. – Der Vetter schüttelte erstaunt den Kopf, er wußte von nichts. – »Also doch!« sagte Renald, mit dem Fuß auf die Erde stampfend; aber er konnte es nicht über die Lippen bringen, was er vermute und vorhabe.

Sie gingen nun in das Haus und kamen in ein langes, wüstes Gemach, das von einem Kaminfeuer im Hintergrunde ungewiß erleuchtet wurde. In den roten Widerscheinen lag dort ein wilder Haufe umher: abgedankte Soldaten, müßige Handwerksburschen und dergleichen Hornkäfer, wie sie in der Abendzeit um die großen Städte schwärmen. Alle Blicke aber hingen an einem hohen, hagern Manne mit bleichem, scharfgeschnittenem Gesicht, der, den Hut auf dem Kopf und seinen langen Mantel stolz und vornehm über die linke Achsel zurückgeschlagen, mitten unter ihnen stand. – »Ihr seid der Nährstand«, rief er soeben aus; »wer aber die andern nährt, der ist ihr Herr; hoch auf, ihr Herren!« – Er hob ein Glas, alles jauchzte wild auf und griff nach den Flaschen, er aber tauchte kaum die feinen Lippen in den dunkelroten Wein, als schlürft' er Blut, seine spielenden Blicke gingen über dem Glase kalt und lauernd in die Runde.

Da funkelte das Kaminfeuer über Renalds blankes Bandelier, das stach plötzlich in ihre Augen. Ein starker Kerl mit rotem Gesicht und Haar wie ein brennender Dornbusch, trat mit übermütiger Bettelhaftigkeit dicht vor Renald und fragte, ob er dem Großtürken diene? Ein anderer meinte, er habe ja da, wie ein Hund, ein adeliges Halsband umhängen. – Renald griff rasch nach seinem Hirschfänger, aber der lange Redner trat dazwischen, sie wichen ihm scheu und ehrerbietig aus. Dieser führte den Jäger an einen abgelegenen Tisch und fragte, wohin er wolle. Da Renald den Grafen Dürande nannte, sagte er: »Das ist ein altes Haus, aber der Totenwurm pickt schon drin, ganz von Liebschaften zerfressen.« – Renald erschrak, er glaubte, jeder müßte ihm seine Schande an der Stirn ansehn. »Warum kommt Ihr gerade auf die Liebschaften?« fragte er zögernd. – »Warum?« erwiderte jener, »sind sie nicht die Herrn im Forst, ist das Wild nicht ihres, hohes und niederes? Sind wir nicht verfluchte Hunde und lecken die Schuh, wenn sie uns stoßen?« – Das verdroß Renald; er entgegnete kurz und stolz: der junge Graf Dürande sei ein großmütiger Herr, er wolle nur sein Recht von ihm und weiter nichts. – Bei diesen Worten hatte der Fremde ihn aufmerksam betrachtet und sagte ernst: »Ihr seht aus wie ein Scharfrichter, der, das Schwert unterm Mantel, zu Gerichte geht; es kommt die Zeit, gedenkt an mich, Ihr werdet der Rüstigsten einer sein bei der blutigen Arbeit.« – Dann zog er ein Blättchen hervor, schrieb etwas mit Bleistift darauf, versiegelte es am Licht und reichte es Renald hin. »Die Grafen hier kennen mich wohl«, sagte er; er solle das nur abgeben an Dürande, wenn er einen Strauß mit ihm habe, es könnte ihm vielleicht von Nutzen sein. – »Wer ist der Herr?« fragte Renald seinen Vetter, da der Fremde sich rasch wieder wandte. – »Ein Feind der Tyrannen«, entgegnete der Vetter leise 808 und geheimnisvoll.

Dem Renald aber gefiel hier die ganze Wirtschaft nicht, er war müde von der Reise und streckte sich bald in einer Nebenkammer auf das Lager, das ihm der Vetter angewiesen. Da konnte er vernehmen, wie immer mehr und mehr Gäste nebenan allmählich die Stube füllten; er hörte die Stimme des Fremden wieder dazwischen, eine wilde Predigt, von der er nur einzelne Worte verstand, manchmal blitzte das Kaminfeuer blutrot durch die Ritzen der schlechtverwahrten Tür; so schlief er spät unter furchtbaren Träumen ein.

Der Ball war noch nicht beendigt, aber der junge Graf Dürande hatte dort so viel Wunderbares gehört von den feurigen Zeichen einer Revolution, vom heimlichen Aufblitzen kampffertiger Geschwader, Jakobiner, Volksfreunde und Royalisten, daß ihm das Herz schwoll wie im nahenden Gewitterwinde. Er konnte es nicht länger aushalten in der drückenden Schwüle. In seinen Mantel gehüllt, ohne den Wagen abzuwarten, stürzte er sich in die scharfe Winternacht hinaus. Da freute er sich, wie draußen fern und nah die Turmuhren verworren zusammenklangen im Wind, und die Wolken über die Stadt flogen und der Sturm sein Reiselied pfiff, lustig die Schneeflocken durcheinanderwirbelnd: »Grüß mir mein Schloß Dürande!« rief er dem Sturme zu; es war ihm so frisch zumut, als müßt er, wie ein lediges Roß, mit jedem Tritte Funken aus den Steinen schlagen.

In seinem Hotel aber fand er alles wie ausgestorben, der Kammerdiener war vor Langeweile fast eingeschlafen, die jüngere Dienerschaft ihren Liebschaften nachgegangen, niemand hatte ihn so früh erwartet. Schauernd vor Frost stieg er die breite, dämmernde Treppe hinauf, zwei tief herabgebrannte Kerzen beleuchteten zweifelhaft das vergoldete Schnitzwerk des alten Saales, es war so still, daß er den Zeiger der Schloßuhr langsam fortrücken und die Wetterfahnen im Winde sich drehen hörte. Wüst und überwacht warf er sich auf eine Ottomane hin. »Ich bin so müde«, sagte er, »so müde von Lust und immer Lust, langweilige Lust! ich wollt, es wäre Krieg!« – Da war's ihm, als hört' er draußen auf der Treppe gehn mit leisen, langen Schritten, immer näher und näher. »Wer ist da?« rief er. – Keine Antwort. – »Nur zu, mir eben recht«, meinte er, Hut und Handschuh wegwerfend, »rumor nur zu, spukhafte Zeit, mit deinem fernen Wetterleuchten über Stadt und Land, als wenn die Gedanken aufstünden überall und schlaftrunken nach den Schwertern tappten. Was gehst du in Waffen rasselnd um und pochst an die Türen unserer Schlösser bei stiller Nacht; mich gelüstet mit dir zu fechten; herauf, du unsichtbares Kriegsgespenst!«

Da pocht' es wirklich an der Tür. Er lachte, daß der Geist die Herausforderung so schnell angenommen. In keckem Übermut rief er: »Herein!« Eine hohe Gestalt im Mantel trat in die Tür; er erschrak doch, als diese den Mantel abwarf und er Renald erkannte, denn er gedachte der Nacht im Walde, wo der Jäger auf ihn gezielt. – Renald aber, da er den Grafen erblickte, ehrerbietig zurücktretend, sagte: er habe den Kammerdiener hier zu finden geglaubt, um sich anmelden zu lassen. Er sei schon öfters zu allen Tageszeiten hier gewesen, jedesmal aber, unter dem Vorwand, daß die Herrschaft nicht zu Hause oder beschäftigt sei, von den Pariser Bedienten zurückgewiesen worden, die ihn noch nicht kannten; so habe er denn heute auf der Straße gewartet, bis der Graf zurückkäme.

»Und was willst du denn von mir?« fragte der Graf, ihn mit unverwandten Blicken prüfend.

»Gnädiger Herr«, erwiderte der Jäger nach einer Pause, »Sie wissen wohl, ich hatte eine Schwester, sie war meine einzige Freude und mein Stolz – sie ist eine Landläuferin geworden, sie ist fort.«

Der Graf machte eine heftige Bewegung, faßte sich aber gleich wieder und sagte halb abgewendet: »Nun, und was geht das mich an?«

Renalds Stirn zuckte wie fernes Wetterleuchten, er schien mit sich selber zu ringen. »Gnädiger Herr«, rief er darauf im tiefsten Schmerz, »gnädiger Herr, gebt mir meine arme Gabriele zurück!«

»Ich?« fuhr der Graf auf, »zum Teufel, wo ist sie?«

»Hier –« entgegnete Renald ernst.

Der Graf lachte laut auf und, den Leuchter ergreifend, stieß er rasch eine Flügeltür auf, daß man eine weite Reihe glänzender Zimmer übersah. »Nun«, sagte er mit erzwungener Lustigkeit, »so hilf mir suchen. Horch, da raschelt was hinter der Tapete, jetzt hier, dort, nun sage mir, wo steckt sie?«

Renald blickte finster vor sich nieder, sein Gesicht verdunkelte sich immer mehr. Da gewahrte er Gabrielens Schnupftuch auf einem Tischchen; der Graf, der seinen Augen gefolgt war, stand einen Augenblick betroffen. – Renald hielt sich noch, es fiel ihm der Zettel des Fremden wieder ein, er wünschte immer noch, alles in Güte abzumachen, und reichte schweigend dem Grafen das Briefchen hin. Der Graf, ans Licht tretend, erbrach es schnell, da flog eine dunkle Röte über sein ganzes Gesicht. – »Und weiter nichts?« murmelte er leise zwischen den Zähnen, sich in die Lippen beißend. »Wollen sie mir drohen, mich schrecken?« – Und rasch zu Renald gewandt, rief er: »Und wenn ich deine ganze Sippschaft hätt, ich gäb sie nicht heraus! Sag deinem Bettleradvokaten, ich lachte sein und wäre zehntausendmal noch stolzer als er, und wenn ihr beide euch im Hause zeigt, laß ich mit Hunden euch vom Hofe hetzen, das sag ihm; fort, fort, fort!« – Hiermit schleuderte er den Zettel dem Jäger ins Gesicht, und schob ihn selber zum Saal hinaus, die eichene Tür hinter ihm zuwerfend, daß es durchs ganze Haus öde erschallte.

Renald stand, wild um sich blickend, auf der stillen Treppe. Da bemerkte er erst, daß er den Zettel noch krampfhaft in den Händen hielt; er entfaltete ihn hastig und las an dem flackernden Licht einer halbverlöschten Laterne die Worte: »Hütet Euch. Ein Freund des Volks.« –

Unterdes hörte er oben den Grafen heftig klingeln; mehrere Stimmen wurden im Hause wach, er stieg langsam hinunter wie ins Grab. Im Hofe blickte er noch einmal zurück, die Fenster des Grafen waren noch erleuchtet, man sah ihn im Saale heftig auf und nieder gehen. Da hörte Renald auf einmal draußen durch den Wind singen:

»Am Himmelsgrund schießen
So lustig die Stern,

Dein Schatz läßt dich grüßen
Aus weiter, weiter Fern!

Hat eine Zither gehangen
An der Tür unbeacht',
Der Wind ist gegangen
Durch die Saiten bei Nacht.

Schwang sich auf dann vom Gitter
über die Berge, übern Wald –
Mein Herz ist die Zither,
Gibt einen fröhlichen Schall.«

Die Weise ging ihm durch Mark und Bein; er kannte sie wohl. – Der Mond streifte soeben durch die vorüberfliegenden Wolken den Seitenflügel des Schlosses, da glaubte er in dem einen Fenster flüchtig Gabrielen zu erkennen; als er sich aber wandte, wurde es schnell geschlossen. Ganz erschrocken und verwirrt warf er sich auf die nächste Tür, sie war fest zu. Da trat er unter das Fenster und rief leise aus tiefster Seele hinauf, ob sie drin wider ihren Willen festgehalten werde? so solle sie ihm ein Zeichen geben, es sei keine Mauer so stark als die Gerechtigkeit Gottes. – Es rührte sich nichts als die Wetterfahne auf dem Dach. – »Gabriele«, rief er nun lauter, »meine arme Gabriele, der Wind in der Nacht weint um dich an den Fenstern, ich liebte dich so sehr, ich lieb dich noch immer, um Gottes willen komm, komm herab zu mir, wir wollen miteinander fortziehen, weit, weit fort, wo uns niemand kennt, ich will für dich betteln von Haus zu Haus, es ist ja kein Lager so hart, kein Frost so scharf, keine Not so bitter als die Schande.«

Er schwieg erschöpft, es war alles wieder still, nur die Tanzmusik von dem Balle schallte noch von fern über den Hof herüber; der Wind trieb große Schneeflocken schräg über die harte Erde, er war ganz verschneit. – »Nun, so gnade uns beiden Gott!« sagte er, sich abwendend, schüttelte den Schnee vom Mantel und schritt rasch fort.

Als er zu der Schenke seines Vetters zurückkam, fand er zu seinem Erstaunen das ganze Haus verschlossen. Auf sein heftiges Pochen trat der Nachbar, sich vorsichtig nach allen Seiten umsehend, aus seiner Tür, er schien auf des Jägers Rückkehr gewartet zu haben und erzählte ihm geheimnisvoll: das Nest nebenan sei ausgenommen, Polizeisoldaten hätten heute abend den Vetter plötzlich abgeführt, niemand wisse wohin. – Den Renald überraschte und verwunderte nichts mehr, und zerstreut mit flüchtigem Danke nahm er alles an, als der Nachbar nun auch das gerettete Reisebündel des Jägers unter dem Mantel hervorbrachte und ihm selbst eine Zuflucht in seinem Hause anbot.

Gleich am andern Morgen aber begann Renald seine Runde in der weitläufigen Stadt, er mochte nichts mehr von der Großmut des stolzen Grafen, er wollte jetzt nur sein *Recht*! So suchte er unverdrossen eine Menge Advokaten hinter ihren großen Dintenfässern auf, aber die sahen's gleich alle den goldbortenen Rauten seines Rockes an, daß sie nicht aus seiner eigenen Tasche gewachsen waren; der eine verlangte unmögliche Zeugen, der andere Dokumente, die er nicht hatte, und alle forderten Vorschuß. Ein junger reicher Advokat wollte sich totlachen über die ganze Geschichte; er fragte, ob die Schwester jung, schön, und erbot sich, den ganzen Handel umsonst zu führen und die arme Waise dann zu sich ins Haus zu nehmen, während ein andrer gar das Mädchen selber heiraten wollte, wenn sie fernerhin beim Grafen bliebe. – In tiefster Seele empört, wandte sich Renald nun an die Polizeibehörde; aber da wurde er aus einem Revier ins andere geschickt, von Pontius zu Pilatus, und jeder wusch seine Hände in Unschuld, niemand hatte Zeit, in dem Getreibe ein vernünftiges Wort zu hören, und als er endlich vor das rechte Bureau kam, zeigten sie ihm ein langes Verzeichnis der Dienstleute und Hausgenossen des Grafen Dürande: seine Schwester war durchaus nicht darunter. Er habe Geister gesehen, hieß es, er solle keine unnützen Flausen machen; man hielt ihn für einen Narren, und er mußte froh sein, nur ungestraft wieder unter Gottes freien Himmel zu kommen. Da saß er nun todmüde in seiner einsamen Dachkammer, den Kopf in die Hand gestützt; seine Barschaft war mit dem frühzeitigen Schnee auf den Straßen geschmolzen, jetzt wußt er keine Hülfe mehr, es ekelte ihm recht vor dem Schmutz der Welt. In diesem Hinbrüten, wie wenn man beim Sonnenglanz die Augen schließt, spielten feurige Figuren wechselnd auf dem dunklen Grund seiner Seele: schlängelnde Zornesblicke und halbgeborne Gedanken blutiger Rache. In dieser Not betete er still für sich; als er aber an die Worte kam: »Vergib uns unsere Schuld, als auch wir vergeben unseren Schuldnern«, fuhr er zusammen; er konnte es dem Grafen nicht vergeben. Angstvoll und immer brünstiger betete er fort. – Da sprang er plötzlich auf, ein neuer Gedanke erleuchtete auf einmal sein ganzes Herz. Noch war nicht alles versucht, nicht alles verloren, er beschloß, den König selber anzutreten – so hatte er sich nicht vergeblich zu Gott gewendet, dessen Hand auf Erden ja der König ist.

Ludwig XVI. und sein Hof waren damals in Versailles; Renald eilte sogleich hin und freute sich, als er bei seiner Ankunft hörte, daß der König, der unwohl gewesen, heute zum ersten Male wieder den Garten besuchen wolle. Er hatte zu Hause mit großem Fleiß eine Supplik aufgesetzt, Punkt für Punkt, das himmelschreiende Unrecht und seine Forderung, alles, wie er es dereinst vor Gottes Thron zu verantworten gedachte. Das wollte er im Garten selbst übergeben, vielleicht fügte es sich, daß er dabei mit dem König sprechen durfte; so, hoffte er, könne noch alles wieder gut werden.

Vielerlei Volk, Neugierige, Müßiggänger und Fremde hatten sich unterdes schon unweit der Tür, aus welcher der König treten sollte, zusammengestellt. Renald drängte sich mit klopfendem Herzen in die vorderste Reihe. Es war einer jener halbverschleierten Wintertage, die lügenhaft den Sommer nachspiegeln, die Sonne schien lau, aber falsch über die stillen Paläste, weiterhin zogen Schwäne auf den Weihern, kein Vogel sang mehr, nur die weißen Marmorbilder standen noch verlassen in der prächtigen Einsamkeit. Endlich gaben die Schweizer das Zeichen, die Saaltür öffnete sich, die Sonne tat einen kurzen Blitz über funkelnden Schmuck, Ordensbänder und blendende Achseln, die schnell, vor dem Winterhauch, unter schimmernden Tüchern wieder verschwanden. Da schallt' es auf einmal: »Vive le roi!« durch die Lüfte und im Garten, so weit das Auge reichte, begannen plötzlich alle Wasserkünste zu spielen, und mitten in dem Jubel, Rauschen und Funkeln schritt der König in einfachem Kleide langsam die breiten Marmorstufen hinab. Er sah traurig und bleich – eine leise Luft rührte die Wipfel der hohen Bäume und streute die letzten Blätter wie einen Goldregen über die fürstlichen Gestalten. Jetzt gewahrte Renald mit einiger Verwirrung auch den Grafen Dürande unter dem Gefolge, er sprach soeben halbflüsternd zu einer jungen schönen Dame. Schon rauschten die taftenen Gewänder immer näher und näher. Renald konnte deutlich vernehmen, wie die Dame, ihre Augen gegen Dürande aufschlagend, ihn neckend fragte, was er drin sehe, daß sie ihn so erschreckten. –

»Wunderbare Sommernächte meiner Heimat«, erwiderte der Graf zerstreut. Da wandte sich das Fräulein lachend, Renald erschrak, ihr dunkles Auge war wie Gabrielens in fröhlichen Tagen – es wollte ihm das Herz zerreißen.

Darüber hatte er alles andere vergessen, der König war fast vorüber; jetzt drängte er sich nach, ein Schweizer aber stieß ihn mit der Partisane zurück, er drang noch einmal verzweifelt vor. Da bemerkt ihn Dürande, er stutzt einen Augenblick, dann, schnell gesammelt, faßt er den Zudringlichen rasch an der Brust und übergibt ihn der herbeieilenden Wache. Der König über dem Getümmel wendet sich fragend. – »Ein Wahnsinniger«, entgegnet Dürande. –

814

Unterdes hatten die Soldaten den Unglücklichen umringt, die neugierige Menge, die ihn für verrückt hielt, wich scheu zurück, so wurde er ungehindert abgeführt. Da hörte er hinter sich die Fontänen noch rauschen, dazwischen das Lachen und Plaudern der Hofleute in der lauen Luft; als er aber einmal zurückblickte, hatte sich alles schon wieder nach dem Garten hingekehrt, nur ein bleiches Gesicht aus der Menge war noch zurückgewandt und funkelte ihm mit scharfen Blicken nach. Er glaubte schaudernd den prophetischen Fremden aus des Vetters Schenke wiederzuerkennen.

Der Mond bescheint das alte Schloß Dürande und die tiefe Waldesstille am Jägerhaus, nur die Bäche rauschen so geheimnisvoll in den Gründen. Schon blüht's in manchem tiefen Tal und nächtliche Züge heimkehrender Störche hoch in der Luft verkünden in einzelnen halbverlornen Lauten, daß der Frühling gekommen. Da fahren plötzlich Rehe, die auf der Wiese vor dem Jägerhaus gerastet, erschrocken ins Dickicht, der Hund an der Tür schlägt an, ein Mann steigt eilig von den Bergen, bleich, wüst, die Kleider abgerissen, mit wildverwachsenem Bart – es ist der Jäger Renald.

Mehrere Monate hindurch war er in Paris im Irrenhause eingesperrt gewesen; je heftiger er beteuerte, verständig zu sein, für desto toller hielt ihn der Wärter; in der Stadt aber hatte man jetzt Wichtigeres zu tun, niemand bekümmerte sich um ihn. Da ersah er endlich selbst seinen Vorteil, die Hinterlist seiner verrückten Mitgesellen half ihm treulich aus Lust an der Heimlichkeit. So war es ihm gelungen, in einer dunklen Nacht mit Lebensgefahr sich an einem Seil herabzulassen und in der allgemeinen Verwirrung der Zeit unentdeckt aus der Stadt durch die Wälder, von Dorf zu Dorfe bettelnd, heimwärts zu gelangen. Jetzt bemerkte er erst, daß es von fern überm Walde blitzte, vom stillen

Schloßgarten her schlug schon eine Nachtigall, es war ihm, als ob ihn Gabriele riefe. Als er aber mit klopfendem Herzen auf dem allbekannten Fußsteig immer weiterging, öffnete sich bei dem Hundegebell ein Fensterchen im Jägerhaus. Es gab ihm einen Stich ins Herz; es war Gabrielens Schlafkammer, wie oft hatte er dort ihr Gesicht im Mondschein gesehen. Heut aber guckte ein Mann hervor und fragte barsch, was es draußen gäbe. Es war der Waldwärter, der heimtückische Rotkopf war ihm immer zuwider gewesen. »Was macht Ihr hier in Renalds Haus?« sagte er. »Ich bin müde, ich will hinein.« Der Waldwärter sah ihn von Kopf bis zu den Füßen an, er erkannte ihn nicht mehr. ›Mit dem Renald ist's lange vorbei‹, entgegnete er dann, »er ist nach Paris gelaufen und hat sich dort mit verdächtigem Gesindel und Rebellen eingelassen, wir wissen's recht gut, jetzt habe ich seine Stelle vom Grafen.« – Drauf wies er Renald am Waldesrand den Weg zum Wirtshause und schlug das Fenster wieder zu. – Oho, steht's so! dachte Renald. Da fielen seine Augen auf sein Gärtchen, die Kirschbäume, die er gepflanzt, standen schon in voller Blüte, es schmerzte ihn, daß sie in ihrer Unschuld nicht wußten, für wen sie blühten. Währenddes hatte sein alter Hofhund sich gewaltsam vom Stricke losgerissen, sprang liebkosend an ihm herauf und umkreiste ihn in weiten Freudensprüngen; er herzte sich mit ihm wie mit einem alten, treuen Freunde. Dann aber wandte er sich rasch zum Hause; die Tür war verschlossen, er stieß sie mit einem derben Fußtritt auf. Drin hatte der Waldwärter unterdes Feuer gemacht. »Herr Jesus!« rief er erschrocken, da er entgegentretend, plötzlich beim Widerschein der Lampe den verwilderten Renald erkannte. Renald aber achtete nicht darauf, sondern griff nach der Büchse, die überm Bett an der Wand hing. »Lump«, sagte er, »das schöne Gewehr so verstauben zu lassen!« Der Waldwärter, die Lampe hinsetzend und auf dem Sprunge, durchs Fenster zu entfliehen, sah den furchtbaren Gast seitwärts mit ungewissen Blicken an. Renald bemerkte, daß er zitterte. »Fürcht dich nicht«, sagte er, »dir tu ich nichts, was kannst du dafür; ich hol mir nur die Büchse, sie ist vom Vater, sie gehört mir und nicht dem Grafen, und so wahr der alte Gott noch lebt, so hol ich mir auch mein Recht, und wenn sie's im Turmknopf von Dürande versiegelt hätten, das sag dem Grafen und wer's sonst wissen will.« – Mit diesen Worten pfiff er dem Hunde und schritt wieder in den Wald hinaus, wo ihn der Waldwärter bei dem wirren Wetterleuchten bald aus den Augen verloren hatte.

Währenddes schnurrten im Schloß Dürande die Gewichte der Turmuhr ruhig fort, aber die Uhr schlug nicht, und der verrostete Weiser rückte nicht mehr von der Stelle, als wäre die Zeit eingeschlafen auf dem alten Hofe beim einförmigen Rauschen der Brunnen. Draußen, nur manchmal vom fernen Wetterleuchten zweifelhaft erhellt, lag der Garten mit seinen wunderlichen Baumfiguren, Statuen und vertrockneten Bassins wie versteinert im jungen Grün, das in der warmen Nacht schon von allen Seiten lustig über die Gartenmauer kletterte und sich um die Säulen der halbverfallenen Lusthäuser schlang, als wollt nun der Frühling alles erobern. Das Hausgesinde aber stand heimlich untereinander flüsternd auf der Terrasse, denn man sah es hie und da brennen in der Ferne; der Aufruhr schritt wachsend schon immer näher über die stillen Wälder von Schloß zu Schloß. Da hielt der kranke alte Graf um die gewohnte Stunde einsam Tafel im Ahnensaal, die hohen Fenster waren fest verschlossen, Spiegel, Schränke und Marmortische standen unverrückt umher wie in der alten Zeit, niemand durfte, bei seiner Ungnade, der neuen Ereignisse erwähnen, die er verächtlich ignorierte. So saß er, im Staatskleide, frisiert, wie eine geputzte Leiche, am reichbesetzten Tisch vor den silbernen Armleuchtern und blätterte in alten Historienbüchern, seiner kriegerischen Jugend gedenkend. Die Bedienten eilten stumm über den glatten Boden hin und her, nur durch die Ritzen der Fensterladen sah man zuweilen das Wetterleuchten, und alle Viertelstunden hakte im Nebengemach die Flötenuhr knarrend ein und spielte einen Satz aus einer alten Opernarie.

Da ließen sich auf einmal unten Stimmen vernehmen, drauf hörte man jemand eilig die Treppe heraufkommen, immer lauter und näher. »Ich muß herein!« rief es endlich an der Saaltür, sich durch die abwehrenden Diener drängend, und bleich, verstört und atemlos stürzte der Waldwärter in den Saal, in wilder Hast dem Grafen erzählend, was ihm soeben im Jägerhaus mit Renald begegnet. –

Der Graf starrte ihn schweigend an. Dann, plötzlich einen Armleuchter ergreifend, richtete er sich zum Erstaunen der Diener ohne fremde Hülfe hoch auf. »Hüte sich, wer einen Dürande fangen will!« rief er, und gespenstisch wie ein Nachtwandler mit dem Leuchter quer durch den Saal schreitend, ging er auf eine kleine eichene Tür los, die zu dem Gewölbe des Eckturms führte. Die Diener, als sie sich vom ersten Entsetzen über sein grauenhaftes Aussehen erholt, standen verwirrt und unentschlossen um die Tafel. »Um Gottes willen«, rief da auf einmal ein Jäger herbeieilend, »laßt ihn nicht durch, dort in dem Eckturm habe ich auf sein Geheiß heimlich alles Pulver zusammentragen müssen; wir sind verloren, er sprengt uns alle mit sich in die Luft!« – Der Kammerdiener, bei dieser schrecklichen Nachricht, faßte sich zuerst ein Herz und sprang rasch vor, um seinen Herrn zurückzuhalten, die andern folgten seinem Beispiel. Der Graf aber, da er sich so unerwartet verraten und überwältigt sah, schleuderte dem Nächsten den Armleuchter an den Kopf, darauf, krank wie er war, brach er selbst auf dem Boden zusammen.

Ein verworrenes Durcheinanderlaufen ging nun durch das ganze Schloß; man hatte den Grafen auf sein seidenes Himmelbett gebracht. Dort versuchte er vergeblich, sich noch einmal emporzurichten, zurücksinkend rief er: »Wer sagte da, daß der Renald nicht wahnsinnig ist?« – Da alles still blieb, fuhr er leiser fort: »Ihr kennt den Renald nicht, er kann entsetzlich sein, wie fressend Feuer – läßt man denn reißende Tiere frei aufs Feld? – Ein schöner Löwe, wie er die Mähnen schüttelt – wenn sie nur nicht so blutig wären!« – Hier, sich plötzlich besinnend, riß er die müden Augen weit auf und starrte die umherstehenden Diener verwundert an.

Der bestürzte Kammerdiener, der seine Blicke allmählich verlöschen sah, redete von geistlichem Bei stand, aber der Graf, schon im Schatten des nahenden Todes, verfiel gleich darauf von neuem in fieberhafte Phantasien. Er sprach von einem großen, prächtigen Garten, und einer langen, langen Allee, in der ihm seine verstorbene Gemahlin entgegenkäme immer näher und heller und schöner. – »Nein, nein«, sagte er, »sie hat einen Sternenmantel um und eine funkelnde Krone auf dem Haupt. Wie rings die Zweige schimmern von dem Glanz! Gegrüßt seist du, Maria, bitt für mich, du Königin der Ehren!« – Mit diesen Worten starb der Graf.

Als der Tag anbrach, war der ganze Himmel gegen Morgen dunkelrot gefärbt; gegenüber aber stand das Gewitter bleifarben hinter den grauen Türmen des Schlosses Dürande, die Sterbeglocke ging in einzelnen, abgebrochenen Klängen über die stille Gegend, die fremd und wie verwandelt in der seltsamen Beleuchtung heraufblickte. – Da sahen einige Holzhauer im Walde den wilden Jäger Renald mit seiner Büchse und dem Hunde eilig in die Morgenglut hinabsteigen; niemand wußte, wohin er sich gewendet.

Mehrere Tage waren seitdem vergangen, das Schloß stand wie verzaubert in öder Stille, die Kinder gingen abends scheu vorüber, als ob es drin spuke. Da sah man eines Tages plötzlich droben mehrere Fenster geöffnet, buntes Reisegepäck lag auf dem Hofe umher, muntere Stimmen schallten wieder auf den Treppen und Gängen, die Türen flogen hallend auf und zu und vom Turme fing die Uhr trostreich wieder zu schlagen an. Der junge Graf Dürande war, auf die Nachricht vom Tode seines Vaters, rasch und unerwartet von Paris zurückgekehrt. Unterweges war er mehrmals verworrenen Zügen von Edelleuten begegnet, die schon damals flüchtend die Landstraßen bedeckten. Er aber hatte keinen Glauben an die Fremde und wollte ehrlich Freud und Leid mit seinem Vaterlande teilen. Wie hatte auch der erste Schreck aus der Ferne alles übertrieben! Er fand seine nächsten Dienstleute ergeben und voll Eifer, und überließ sich gern der Hoffnung, noch alles zum Guten wenden zu können.

In solchen Gedanken stand er an einem der offenen Fenster, die Wälder rauschten so frisch herauf, das hatte er so lange nicht gehört, und im Tale schlugen die Vögel und jauchzten die Hirten von den Bergen, dazwischen hörte er unten im Schloßgarten singen:

> »Wär's dunkel, ich läg im Walde,
> Im Walde rauscht's so sacht,
> Mit ihrem Sternenmantel
> Bedecket mich da die Nacht,
> Da kommen die Bächlein gegangen:
> Ob ich schon schlafen tu?
> Ich schlaf nicht, ich hör noch lange
> Den Nachtigallen zu,
> Wenn die Wipfel über mir schwanken,
> Es klinget die ganze Nacht,
> Das sind im Herzen die Gedanken,
> Die singen, wenn niemand wacht.«

Ja wohl, gar manche stille Nacht, dachte der Graf, sich mit der Hand über die Stirn fahrend. – »Wer sang da?« wandte er sich dann zu den auspackenden Dienern; die Stimme schien ihm so bekannt. Ein Jäger meinte, es sei wohl der neue Gärtnerbursch aus Paris, der habe keine Ruhe gehabt in der Stadt; als sie fortgezogen, so sei er ihnen zu Pferde nachgekommen. »Der?«– sagte der Graf – er konnte sich kaum auf den Burschen besinnen. Über den Zerstreuungen des Winters in Paris war er nicht oft in den Garten gekommen; er hatte den Knaben nur selten gesehn und wenig beachtet, um so mehr freute ihn seine Anhänglichkeit.

Indes war es beinahe Abend geworden, da hieß der Graf noch sein Pferd satteln, die Diener verwunderten sich, als sie ihn bald darauf so spät und ganz allein noch nach dem Walde hinreiten sahen. Der Graf aber schlug den Weg zu dem nahen Nonnenkloster ein, und ritt in Gedanken rasch fort, als gält es, ein lange versäumtes Geschäft nachzuholen; so hatte er in kurzer Zeit das stille Waldkloster erreicht. Ohne abzusteigen, zog er hastig die Glocke am Tor. Da stürzte ein Hund ihm entgegen, als wollt er ihn zerreißen, ein langer, bärtiger Mann trat aus der Klosterpforte und stieß den Köter wütend mit den Füßen; der Hund heulte, der Mann fluchte, eine Frau zankte drin im Kloster, sie konnte lange nicht zu Worte kommen. Der Graf, befremdet von dem seltsamen Empfang, verlangte jetzt schleunig die Priorin zu sprechen. – Der Mann sah ihn etwas verlegen an, als schämte er sich. Gleich aber wieder in alter Roheit gesammelt, sagte er, das Kloster sei aufgehoben und gehöre der Nation; er sei der Pächter hier. Weiter erfuhr nun der Graf noch, wie ein Pariser Kommissär das alles so rasch und klug geordnet. Die Nonnen sollten nun in weltlichen Kleidern hinaus in die Städte, heiraten und nützlich sein; da zogen alle in einer schönen stillen Nacht aus dem Tal, für das sie so lange gebetet, nach Deutschland hinüber, wo ihnen in einem Schwesterkloster freundliche Aufnahme angeboten worden.

Der überraschte Graf blickte schweigend umher, jetzt bemerkte er erst, wie die zerbrochenen Fenster im Winde klappten; aus einer Zelle unten sah ein Pferd schläfrig ins Grün hinaus, die Ziegen des Pächters weideten unter umgeworfenen Kreuzen auf dem Kirchhof, niemand wagte es, sie zu vertreiben; dazwischen weinte ein Kind im Kloster, als klagte es, daß es geboren in dieser Zeit. Im Dorfe aber war es wie ausgekehrt, die Bauern guckten scheu aus den Fenstern, sie hielten den Grafen für einen Herrn von der Nation. Als ihn aber nach und nach einige wiedererkannten, stürzte auf einmal alles heraus und umringte ihn, hungrig, zerlumpt und bettelnd. Mein Gott, mein Gott, dachte er, wie wird die Welt so öde! – Er warf alles Geld, das er bei sich hatte, unter den Haufen, dann setzte er rasch die Sporen ein und wandte sich wieder nach Hause.

Es war schon völlig Nacht, als er in Dürande ankam. Da bemerkte er mit Erstaunen im Schloß einen unnatürlichen Aufruhr, Lichter liefen von Fenster zu Fenster, und einzelne Stimmen schweiften durch den dunklen Garten, als suchten sie jemand. Er schwang sich rasch vom Pferde und eilte ins Haus. Aber auf der Treppe stürzte ihm schon der Kammerdiener mit einem versiegelten Blatte atemlos entgegen: es seien Männer unten, die es abgegeben und trotzig Antwort verlangten. Ein Jäger, aus dem Garten hinzutretend, fragte ängstlich den Grafen, ob er draußen dem Gärtnerburschen begegnet? der Bursch habe ihn überall gesucht, der Graf möge sich aber hüten vor ihm, er sei in der Dämmerung verdächtig im Dorf gesehen worden, ein Bündel unterm Arm, mit allerlei Gesindel sprechend, nun sei er gar spurlos verschwunden.

Der Graf, unterdes oben im erleuchteten Zimmer angelangt, erbrach den Brief und las in schlechter, mit blasser Dinte mühsam gezeichneter Handschrift: »Im Namen Gottes verordne ich hiermit, daß der Graf Hippolyt von Dürande auf einem, mit dem gräflichen Wappen besiegelten Pergament die einzige Tochter des verstorbenen Försters am Schloßberg, Gabriele Dubois, als seine rechtmäßige Braut und künftiges Gemahl bekennen und annehmen soll. Dieses Gelöbnis soll heute bis elf Uhr nachts in dem Jägerhause abgeliefert werden. Ein Schuß aus dem Schloßfenster aber bedeutet: Nein. *Renald.*«

»Was ist die Uhr?« fragte der Graf. – »Bald Mitternacht«, erwiderten einige, sie hätten ihn so lange im Walde und Garten vergeblich gesucht. – »Wer von euch sah den Renald, wo kam er her?« fragte er von neuem. Alles schwieg. Da warf er den Brief auf den Tisch. »Der Rasende!« sagte er, und befahl für jeden Fall die Zugbrücke aufzuziehen, dann öffnete er rasch das Fenster, und schoß ein Pistol, als Antwort in die Luft hinaus. Da gab es einen wilden Widerhall durch die stille Nacht, Geschrei und Rufen und einzelne Flintenschüsse bis in die fernsten Schlünde hinein, und als der Graf sich wieder wandte, sah er in dem Saal einen Kreis verstörter Gesichter lautlos um sich her.

Er schalt sie Hasenjäger, denen vor Wölfen graute. »Ihr habt lange genug Krieg gespielt im Walde«, sagte er, »nun wendet sich die Jagd, wir sind jetzt das Wild, wir müssen durch. Was wird es sein! Ein Tollhaus mehr ist wieder aufgeriegelt, der rasende Veitstanz geht durchs Land und der Renald geigt ihnen vor. Ich hab nichts mit dem Volk, ich tat ihnen nichts als Gutes, wollen sie noch Besseres, sie sollen's ehrlich fordern, ich gäb's ihnen gern, abschrecken aber laß ich mir keine Handbreit meines alten Grund und Bodens; Trotz gegen Trotz!«

So trieb er sie in den Hof hinab, er selber half die Pforten, Luken und Fenster verrammen. Waffen wurden rasselnd von allen Seiten herbeigeschleppt, sein fröhlicher Mut belebte alle. Man zündete mitten im Hofe ein großes Feuer an, die Jäger lagerten sich herum und gossen Kugeln in den roten Widerscheinen, die lustig über die stillen Mauern liefen – sie merkten nicht, wie die Raben, von der plötzlichen Helle aufgeschreckt, ächzend über ihnen die alten Türme umkreisten. – Jetzt brachte ein Jäger mit großem Geschrei den Hut und die Jacke des Gärtnerburschen, die er zu seiner Verwunderung beim Aufsuchen der Waffen im Winkel eines abgelegenen Gemaches gefunden. Einige meinten, das Bürschchen sei vor Angst aus der Haut gefahren, andere schworen, er sei ein Schleicher und Verräter, während der alte Schloßwart Nicolo, schlau lächelnd, seinem Nachbar heimlich etwas ins Ohr flüsterte. Der Graf bemerkte es. »Was lachst du?« fuhr er den Alten an; eine entsetzliche Ahnung flog plötzlich durch seine Seele. Alle sahen verlegen zu Boden. Da faßte er den erschrockenen Schloßwart hastig am Arm und führte ihn mit fort in einen entlegenen Teil des Hofes, wohin nur einige schwankende Schimmer des Feuers langten. Dort hörte man beide lange Zeit lebhaft miteinander reden, der Graf ging manchmal heftig an dem dunklen Schloßflügel auf und ab, und kehrte dann immer wieder fragend und zweifelnd zu dem Alten zurück. Dann sah man sie in den offenen Stall treten, der Graf half selbst eilig den schnellsten Läufer satteln, und gleich darauf sprengte Nicolo quer über den Schloßhof, daß die Funken stoben, durchs Tor in die Nacht hinaus. »Reit zu«, rief ihm der Graf noch nach, »frag, suche bis ans Ende der Welt.«

Nun trat er rasch und verstört wieder zu den andern, zwei der zuverlässigsten Leute mußten sogleich bewaffnet nach dem Dorf hinab, um den Renald draußen aufzusuchen; wer ihn zuerst sähe, solle ihm sagen: er, der Graf, wolle ihm Satisfaktion geben wie einem Kavalier und sich mit ihm schlagen, Mann gegen Mann – mehr könne der Stolze nicht verlangen.

Die Diener starrten ihn verwundert an, er aber hatte unterdes einen rüstigen Jäger auf die Zinne gestellt, wo man am weitesten ins Land hinaussehen konnte. »Was siehst du?« fragte er, unten seine Pistolen ladend. Der Jäger erwiderte: die Nacht sei zu dunkel, er könne nichts unterscheiden, nur einzelne Stimmen höre er manchmal fern im Feld und schweren Tritt, als zögen viele Menschen lautlos durch die Nacht, dann alles wieder still. »Hier ist's lustig oben«, sagte er, »wie eine Wetterfahne im Wind – was ist denn das?« –

»Wer kommt?« fuhr der Graf hastig auf.

»Eine weiße Gestalt, wie ein Frauenzimmer«, entgegnete der Jäger, »fliegt unten dicht an der Schloßmauer hin.« – Er legte rasch seine Büchse an. Aber der Graf, die Leiter hinaufliegend, war schon selber droben und riß dem Zielenden heftig das Gewehr aus der Hand. Der Jäger sah ihn erstaunt an. »Ich kann auch nichts mehr sehen«, sagte er dann halb unwillig und warf sich nun auf die Mauer nieder, über den Rand hinausschauend: »Wahrhaftig, dort an der Gartenecke ist noch ein Fenster offen, der Wind klappt mit den Laden, dort ist's hereingehuscht.«

Die Zunächststehenden im Hofe wollten eben nach der bezeichneten Stelle hineilen, als plötzlich mehrere Diener, wie Herbstblätter im Sturm über den Hof daherflogen. Die Rebellen, hieß es, hätten im Seitenflügel eine Pforte gesprengt, andere meinten, der rotköpfige Waldwärter habe sie mit Hülfe eines Nachschlüssels heimlich durch das Kellergeschoß hereingeführt. Schon hörte man Fußtritte hallend auf den Gängen und Treppen und fremde, rauhe Stimmen da und dort, manchmal blitzte eine Brandfackel vorüberschweifend durch die Fenster. – »Hallo, nun gilt's, die Gäste kommen, spielt auf zum Hochzeitstanze!« rief der Graf, in niegefühlter Mordlust aufschauernd. Noch war nur erst ein geringer Teil des Schlosses verloren; er ordnete rasch seine kleine Schar, fest entschlossen, sich lieber unter den Trümmern seines Schlosses zu begraben, als in diese rohen Hände zu fallen.

Mitten in dieser Verwirrung aber ging auf einmal ein Geflüster durch seine Leute: der Graf zeige sich doppelt im Schloß, der eine hatte ihn zugleich im Hof und am Ende eines dunkeln Ganges gesehen, einem andern war er auf der Treppe begegnet, flüchtig und auf keinen Anruf Antwort gebend, das bedeute seit uralter Zeit dem Hause großes Unglück. Niemand hatte jedoch in diesem Augenblick das Herz und die Zeit, es dem Grafen zu sagen, denn soeben begann auch unten der Hof 823 sich schon grauenhaft zu beleben; unbekannte Gesichter erschienen überall an den Kellerfenstern, die Kecksten arbeiteten sich gewaltsam hervor und sanken, ehe sie sich draußen noch aufrichten konnten, von den Kugeln der wachsamen Jäger wieder zu Boden, aber über ihre Leichen weg kroch und rang und hob es sich immer von neuem unaufhaltsam empor, braune verwilderte Gestalten, mit langen Vogelflinten, Stangen und Brecheisen, als wühlte die Hölle unter dem Schlosse sich auf. Es war die Bande des verräterischen Waldwärters, der ihnen heimtückisch die Keller geöffnet. Nur auf Plünderung bedacht, drangen sie sogleich nach dem Marstall und hieben in der Eile die Stränge entzwei, um sich der Pferde zu bemächtigen. Aber die edlen schlanken Tiere, von dem Lärm und der gräßlichen Helle verstört, rissen sich los und stürzten in wilder Freiheit in den Hof; dort mit zornig funkelnden Augen und fliegender Mähne, sah man sie bäumend aus der Menge steigen und Roß und Mann verzweifelnd durcheinanderringen beim wirren Wetterleuchten der Fackeln, Jubel und Todesschrei und die dumpfen Klänge der Sturmglocken dazwischen. Die versprengten Jäger fochten nur noch einzeln gegen die wachsende Übermacht; schon umringte das Getümmel immer dichter den Grafen, er schien unrettbar verloren, als der blutige Knäuel mit dem Ausruf: »Dort, dort ist er!« sich plötzlich wieder entwirrte und alles dem andern Schloßflügel zuflog.

Der Graf, in einem Augenblick fast allein stehend, wandte sich tief aufatmend und sah erstaunt das alte Banner des Hauses Dürande drüben vom Balkon wehen. Es wallte ruhig durch die wilde Nacht, auf einmal aber schlug der Wind wie im Spiel die Fahne zurück – da erblickte er mit Schaudern sich selbst dahinter, in seinen weißen Reitermantel tief gehüllt, Stirn und Gesicht von seinem Federbusch umflattert. Alle Blicke und Röhre zielten auf die stille Gestalt, doch dem Grafen sträubte sich das Haar empor, denn die Blicke des furchtbaren Doppelgängers waren mitten durch den Kugelregen unverwandt auf ihn gerichtet. Jetzt bewegte es die Fahne, es schien ihm ein Zeichen geben zu wollen, immer deutlicher und dringender ihn zu sich hinaufwinkend.

Eine Weile starrt er hin, dann von Entsetzen überreizt, vergißt er alles andere und unerkannt den Haufen teilend, der wütend nach dem Haupttor dringt, eilt er selbst dem gespenstischen Schloßflügel zu. Ein heimlicher Gang, nur wenigen bekannt, führt seitwärts näher zum Balkon, dort stürzt er sich hinein; schon schließt die Pforte sich schallend hinter ihm, er tappt am Pfeiler einsam durch die stille Halle, da hört er atmen neben sich, es faßt ihn plötzlich bei der Hand, schauernd sieht er das Banner und den Federbusch im Dunkeln wieder schimmern. Da, den weißen Mantel zurückschlagend, stößt es unten rasch eine Tür auf nach dem stillen Feld, ein heller Mondblick streift blendend die Gestalt, sie wendet sich. – »Um Gottes willen, Gabriele!« ruft der Graf und läßt verwirrt den Degen fallen.

Das Mädchen stand bleich, ohne Hut vor ihm, die schwarzen Locken aufgeringelt, rings von der Fahne wunderbar umgeben. Sie schien noch atemlos. »Jetzt zaudere nicht«, sagte sie, den ganz Erstaunten eilig nach der Tür drängend, »der alte Nicolo harrt deiner draußen mit dem Pferde. Ich war im Dorf, der Renald wollte mich nicht wiedersehn, so rannte ich ins Schloß zurück, zum Glück stand noch ein Fenster offen, da fand ich dich nicht gleich und warf mich rasch in deinen Mantel. Noch merken sie es nicht, sie halten mich für dich; bald ist's zu spät, laß mich und rette dich, nur schnell!« – Dann setzte sie leiser hinzu: »und grüße auch das schöne Fräulein in Paris, und betet für mich, wenn's euch wohl geht.«

Der Graf aber, in tiefster Seele bewegt, hatte sie schon fest in beide Arme genommen und bedeckte den bleichen Mund mit glühenden Küssen. Da wand sie sich schnell los. »Mein Gott, liebst du mich denn noch, ich meinte, du freitest um das Fräulein?« sagte sie voll Erstaunen, die großen Augen fragend zu ihm aufgeschlagen. – Ihm war's auf einmal, wie in den Himmel hineinzusehen. »Die Zeit fliegt heut entsetzlich«, rief er aus, »dich liebte ich immerdar, da nimm den Ring und meine Hand auf ewig, und so verlaß mich Gott, wenn ich je von dir lasse!« – Gabriele, von Überraschung und Freude verwirrt, wollte niederknien, aber sie taumelte und mußte sich an der Wand festhalten. Da bemerkte er erst mit Schrecken, daß sie verwundet war. Ganz außer sich riß er sein Tuch vom Halse, suchte eilig mit Fahne, Hemd und Kleidern das Blut zu stillen, das auf einmal unaufhaltsam aus vielen Wunden zu quellen schien. In steigender, unsäglicher Todesangst blickte er nach Hülfe ringsumher, schon näherten sich verworrene Stimmen, er wußte nicht, ob es Freund oder Feind. Sie hatte währenddes den Kopf müde an seine Schulter gelehnt. »Mir flimmert's so schön vor den Augen«, sagte sie, »wie dazumal, als du durchs tiefe Abendrot noch zu mir kamst; nun ist ja alles, alles wieder gut.«

Da pfiff plötzlich eine Kugel durch das Fenster herein. »Das war der Renald!« rief der Graf, sich nach der Brust greifend; er fühlte den Tod im Herzen. – Gabriele fuhr hastig auf. »Wie ist dir?« fragte sie erschrocken. Aber der Graf, ohne zu antworten, faßte heftig nach seinem Degen. Das Gesindel war leise durch den Gang herangeschlichen, auf einmal sah er sich in der Halle von bewaffneten Männern umringt. –

825

»Gute Nacht, mein liebes Weib!« rief er da; und mit letzter, übermenschlicher Gewalt das von der Fahne verhüllte Mädchen auf den linken Arm schwingend, bahnt’ er sich eine Gasse durch die Plünderer, die ihn nicht kannten und verblüfft von beiden Seiten vor dem Wütenden zurückwichen. So hieb er sich durch die offene Tür glücklich ins Freie hinaus, keiner wagte ihm aufs Feld zu folgen, wo sie in den schwankenden Schatten der Bäume einen heimlichen Hinterhalt besorgten.

Draußen aber rauschten die Wälder so kühl. »Hörst du die Hochzeitsglocken gehn?« sagte der Graf; »ich spür schon Morgenluft.« – Gabriele konnte nicht mehr sprechen, aber sie sah ihn still und selig an. – Immer ferner und leiser verhallten unterdes schon die Stimmen vom Schlosse her, der Graf wankte verblutend, sein steinernes Wappenschild lag zertrümmert im hohen Gras, dort stürzt’ er tot neben Gabrielen zusammen. Sie atmeten nicht mehr, aber der Himmel funkelte von Sternen, und der Mond schien prächtig über das Jägerhaus und die einsamen Gründe; es war, als zögen Engel singend durch die schöne Nacht.

Dort wurden die Leichen von Nicolo gefunden, der vor Ungeduld schon mehrmals die Runde um das Haus gemacht hatte. Er lud beide mit dem Banner auf das Pferd, die Wege standen verlassen, alles war im Schloß, so brachte er sie unbemerkt in die alte Dorfkirche. Man hatte dort vor kurzem erst die Sturmglocke geläutet, die Kirchtür war noch offen. Er lauschte vorsichtig in die Nacht hinaus, es war alles still, nur die Linden säuselten im Wind, vom Schloßgarten hörte er die Nachtigallen schlagen, als ob sie im Traume schluchzten. Da senkte er betend das stille Brautpaar in die gräfliche Familiengruft und die Fahne darüber, unter der sie noch heut zusammen ausruhn. Dann aber ließ er mit traurigem Herzen sein Pferd frei in die Nacht hinauslaufen, segnete noch einmal die schöne Heimatsgegend und wandte sich rasch nach dem Schloß zurück, um seinen bedrängten Kameraden beizustehen; es war ihm, als könnte er nun selbst nicht länger mehr leben.

Auf den ersten Schuß des Grafen aus dem Schloßfenster war das raubgierige Gesindel, das durch umlaufende Gerüchte von Renalds Anschlag wußte, aus allen Schlupfwinkeln hervorgebrochen, er selbst hatte in der offenen Tür des Jägerhauses auf die Antwort gelauert und sprang bei dem Blitz im Fenster wie ein Tiger allen voraus, er war der erste im Schloß. Hier, ohne auf das Treiben der andern zu achten, suchte er mitten zwischen den pfeifenden Kugeln in allen Gemächern, Gängen und Winkeln unermüdlich den Grafen auf. Endlich erblickt' er ihn durchs Fenster in der Halle, er hört' ihn drin sprechen, ohne Gabrielen in der Dunkelheit zu bemerken. Der Graf kannte den Schützen wohl, er hatte gut gezielt. Als Renald ihn getroffen taumeln sah, wandte er sich tief aufatmend – sein Richteramt war vollbracht.

Wie nach einem schweren, löblichen Tagewerke, durchschritt er nun die leeren Säle in der wüsten Einsamkeit zwischen zertrümmerten Tischen und Spiegeln, der Zugwind strich durch alle Zimmer und spielte traurig mit den Fetzen der zerrissenen Tapeten.

Als er durchs Fenster blickte, verwunderte er sich über das Gewimmel fremder Menschen im Hofe, die ihm geschäftig dienten wie das Feuer dem Sturm. Ein seltsam Gelüsten funkelte ihn da von den Wänden an aus dem glatten Getäfel, in dem der Fackelschein sich verwirrend spiegelte, als äugelte der Teufel mit ihm. – So war er in den Gartensaal gekommen. Die Tür stand offen, er trat in den Garten hinaus. Da schauerte ihn in der plötzlichen Kühle. Der untergehende Mond weilte noch zweifelnd am dunkeln Rand der Wälder, nur manchmal leuchtete der Strom noch herauf, kein Lüftchen ging, und doch rührten sich die Wipfel, und die Alleen und geisterhaften Statuen warfen lange, ungewisse Schatten dazwischen, und die Wasserkünste spielten und rauschten so wunderbar durch die weite Stille der Nacht. Nun sah er seitwärts auch die Linde und die mondbeglänzte Wiese vor dem Jägerhause; er dachte sich die verlorne Gabriele wieder in der alten unschuldigen Zeit als Kind 827
mit den langen dunkeln Locken, es fiel ihm immer das Lied ein: »Gute Nacht, mein Vater und Mutter, wie auch mein stolzer Bruder« – es wollte ihm das Herz zerreißen, er sang verwirrt vor sich hin, halb wie im Wahnsinn:

> »Meine Schwester, die spielt' an der Linde. –
> Stille Zeit, wie so weit, so weit!
> Da spielten so schöne Kinder
> Mit ihr in der Einsamkeit.
>
> Von ihren Locken verhangen,
> Schlief sie und lachte im Traum,
> Und die schönen Kinder sangen
> Die ganze Nacht unterm Baum.

Die ganze Nacht hat gelogen,
Sie hat mich so falsch gegrüßt,
Die Engel sind fortgeflogen
Und Haus und Garten stehn wüst.

Es zittert die alte Linde
Und klaget der Wind so schwer,
Das macht, das macht die Sünde –
Ich wollt, ich läg im Meer –

Die Sonne ist untergegangen
Und der Mond im tiefen Meer,
Es dunkelt schon über dem Lande;
Gute Nacht! seh dich nimmermehr.«

»Wer ist da?« rief er auf einmal in den Garten hinein. Eine dunkle Gestalt unterschied sich halb kenntlich zwischen den wirren Schatten der Bäume; erst hielt er es für eins der Marmorbilder, aber es bewegte sich, er ging rasch darauf los, ein Mann versuchte sich mühsam zu erheben, sank aber immer wieder ins Gras zurück. »Um Gott, Nicolo, du bist's!« rief Renald erstaunt; »was machst du hier?« – Der Schloßwart wandte sich mit großer Anstrengung auf die andere Seite, ohne zu antworten.

»Bist du verwundet?« sagte Renald, besorgt näher tretend, »wahrhaftig an dich dacht ich nicht in dieser Nacht. Du warst mir der liebste immer unter allen, treu, zuverlässig, ohne Falsch; ja, wär die Welt wie du! Komm nur mit mir, du sollst herrschaftlich leben jetzt im Schloß auf deine alten Tage, ich will dich über alle stellen.«

Nicolo aber stieß ihn zurück: »Rühre mich nicht an, deine Hand raucht noch von Blut.«

»Nun«, entgegnete Renald finster, »ich meine, ihr solltet mir's alle danken, die wilden Tiere sind verstoßen in den wüsten Wald, es bekümmert sich niemand um sie, sie müssen sich ihr Futter selber nehmen – bah, und was ist Brot gegen Recht?«

»Recht?« sagte Nicolo, ihn lange starr ansehend, »um Gottes willen, Renald, ich glaube gar, du wußtest nicht –«

»Was wußt ich nicht?« fuhr Renald hastig auf.

»Deine Schwester Gabriele –«

»Wo ist sie?«

Nicolo wies schweigend nach dem Kirchhof; Renald schauderte heimlich zusammen. »Deine Schwester Gabriele«, fuhr der Schloßwart fort, »hielt schon als Kind immer große Stücke auf mich, du weißt es ja; heut abend nun in der Verwirrung, eh's noch losging, hat sie in ihrer Herzensangst mir alles anvertraut.«

Renald zuckte an allen Gliedern, als hinge in der Luft das Richtschwert über ihm. »Nicolo«, sagte er drohend, »belüg mich nicht, denn dir, gerade dir glaube ich.«

Der Schloßwart, seine klaffende Brustwunde zeigend, erwiderte: »Ich rede die Wahrheit, so wahr mir Gott helfe, vor dem ich noch in dieser Stunde stehen werde! – Graf Hippolyt hat deine Schwester nicht entführt.«

»Hoho«, lachte Renald, plötzlich wie aus unsäglicher Todesangst erlöst, »ich sah sie selber in Paris am Fenster in des Grafen Haus.«

»Ganz recht«, sagte Nicolo, »aus Lieb ist sie bei Nacht dem Grafen heimlich nachgezogen aus dem Kloster.« –

»Nun siehst du, siehst du wohl? ich wußt's ja doch. Nur weiter, weiter«, unterbrach ihn Renald; große Schweißtropfen hingen in seinem wildverworrenen Haar.

»Das arme Kind«, erzählte Nicolo wieder, »sie konnte nicht vom Grafen lassen; um ihm nur immer nahe zu sein, hat sie verkleidet als Gärtnerbursche sich verdungen im Palast, wo sie keiner kannte.«

829

Renald, aufs äußerste gespannt, hatte sich unterdes neben dem Sterbenden, der immer leiser sprach, auf die Knie hingeworfen, beide Hände vor sich auf die Erde gestützt. »Und der Graf«, sagte er, »der Graf, aber der Graf, was tat der? Er lockte, er kirrte sie, nicht wahr?«

»Wie sollt er's ahnen!« fuhr der Schloßwart fort; »er lebte wie ein loses Blatt im Sturm von Fest zu Fest. Wie oft stand sie des Abends spät in dem verschneiten Garten vor des Grafen Fenstern, bis er nach Hause kam, wüst, überwacht – er wußte nichts davon bis heute abend. Da schickt' er mich hinaus, sie aufzusuchen; sie aber hatte sich dem Tode schon geweiht, in seinen Kleidern euch täuschend wollte sie eure Kugeln von seinem Herzen auf ihr eigenes wenden – o jammervoller Anblick – so fand ich beide tot im Felde Arm in Arm – der Graf hat ehrlich sie geliebt bis in den Tod – sie beide sind schuldlos – rein – Gott sei uns allen gnädig!«

Renald war über diese Worte ganz still geworden, er horchte noch immer hin, aber Nicolo schwieg auf ewig, nur die Gründe rauschten dunkel auf, als schauderte der Wald.

Da stürzte auf einmal vom Schloß die Bande siegestrunken über Blumen und Beete daher, sie schrien Vivat und riefen den Renald im Namen der Nation zum Herrn von Dürande aus. Renald, plötzlich sich aufrichtend, blickte wie aus einem Traum in die Runde. Er befahl, sie sollten schleunig alle Gesellen aus dem Schlosse treiben und keiner, bei Lebensstrafe, es wieder betreten, bis er sie riefe. Er sah so schrecklich aus, sein Haar war grau geworden über Nacht, niemand wagte es, ihm jetzt zu widersprechen. Darauf sahen sie ihn allein rasch und schweigend in das leere Schloß hineingehen, und während sie noch überlegen, was er vorhat und ob sie ihm gehorchen oder dennoch folgen sollen, ruft einer erschrocken aus: »Herr Gott, der rote Hahn ist auf dem Dach!« und mit Erstaunen sehen sie plötzlich feurige Spitzen bald da bald dort aus den zerbrochenen Fenstern schlagen und an dem trocknen Sparrwerk hurtig nach dem Dache klettern. Renald, seines Lebens müde, hatte eine brennende Fackel ergriffen und das Haus an allen vier Ecken angesteckt. – Jetzt, mitten durch die Lohe, die der Zugwind wirbelnd faßte, sahen sie den Schrecklichen eilig nach dem Eckturme schreiten, es war, als schlüge Feuer auf, wohin er trat. Dort in dem Turme liegt das Pulver, hieß es auf einmal, und voll Entsetzen stiebte alles über den Schloßberg auseinander. Da tat es gleich darauf einen furchtbaren Blitz und donnernd stürzte das Schloß hinter ihnen zusammen. Dann wurde alles still! wie eine Opferflamme, schlank, mild und prächtig stieg das Feuer zum gestirnten Himmel auf, die Gründe und Wälder ringsumher erleuchtend – den Renald sah man nimmer wieder.

Das sind die Trümmer des alten Schlosses Dürande, die weinumrankt in schönen Frühlingstagen von den waldigen Bergen schauen. – Du aber hüte dich, das wilde Tier zu wecken in der Brust, daß es nicht plötzlich ausbricht und dich selbst zerreißt.

Die Glücksritter

1. Suppius und Klarinett

Der Abend funkelte über die Felder, eine Reisekutsche fuhr rasch die glänzende Straße entlang, der Staub wirbelte, der Postillion blies, hinten auf dem Wagentritte aber stand vergnügt ein junger Bursch, der im Wandern heimlich aufgestiegen, bald auf den Zehen lang gestreckt, bald sich duckend, damit die im Wagen ihn nicht bemerkten. Und hinter ihm ging die Sonne unter und vor ihm der Mond auf, und manchmal wenn der Wald sich teilte, sah er von ferne Fenster glitzern im Abendgold, dann einen Turm zwischen den Wipfeln und weiße Schornsteine und Dächer immer mehr und mehr, es mußte eine Stadt ganz in der Nähe sein. Da zog er geschwind die Ärmel seines Rocks tiefer über die Handgelenke, denn er hatte ihn ausgewachsen, auch war derselbe schon etwas dünn und spannte über dem Rücken. Im Walde neben ihm aber war ein großes Gefunkel und Zwitschern und Hämmern von den Spechten, bald da bald dort, als wollten sie ihn necken, und die Eichkätzchen guckten um die Stämme nach ihm, und die Schwalben kreuzten jauchzend über den Weg: »Kiwitt, kiwitt, was hat dein Rock für einen schönen Schnitt!«

So ging's wie im Fluge fort, es wurde allmählich dunkel, jetzt klangen schon deutlich die Abendglocken über den Wald herüber. »Sind wir bald dort?« fragte eine wunderliebliche Stimme aus dem Wagen. – »Gleich, gleich«, antwortete rasch der Bursch, der sich in der Freude vergessen; da bemerkten sie ihn erst alle. »Wart, ich will dir herunterhelfen«, rief der Postillion und hieb mit der Peitsche zurück nach ihm, eine Hand haspelte eifrig von innen am Wagenfenster. Indem aber fuhren sie eben an einer Gartenmauer hin, über die der Ast eines Apfelbaumes weit herauslangte, der Bursch hatte ihn schon gefaßt und schwang sich behend auf die Mauer und von der Mauer auf den Baum. Darüber öffnete sich das Glasfenster der Kutsche, ein junges Mädchengesichtchen guckte neugierig hervor. »Gott wie ist die schön!« rief der Bursch und schüttelte aus Leibeskräften den Baum vor Lust, daß der Wagen im Vorbeifliegen ganz von Blüten verschneit war. Über dem Schütteln aber flog ihm droben der Hut vom Kopf, er wollte ihn haschen, darüber verlor er sein Bündel, und eh er sich's versah, fuhren Hut und Bündel und Bursch prasselnd zwischen den Zweigen in den fremden Garten hinab.

Jetzt tat's plötzlich unten einen lauten Schrei, er aber erschrak am allermeisten, denn als er aufblickte, bemerkte er in der Dunkelheit eine Dame und einen Herren dicht vor sich, die dort zu lustwandeln schienen. Da ruft ihm aber zu seinem großen Erstaunen auch schon der Herr lachend entgegen: »Nun, endlich, endlich, willkommen!« und: »Wir haben schon recht auf Sie gewartet«, sagt die Dame. Der Bursch, ohne sich in der Konfusion lange zu besinnen, macht ein Kompliment und erwidert: sein Kurier wäre an allem schuld, der hätte zur Unzeit mit der Peitsche geschnalzt, da habe sein Roß einen erstaunlichen Satz gemacht, daß er mit der Frisur am Aste hängengeblieben; so habe er in der Geschwindigkeit die Gartentür verfehlt – »Und den rechten Ton getroffen«, meinte die Dame, »Sie spielen zum Entzücken.« – »Bloß das Klarinett ein wenig«, sagte der Bursch verwundert. – »Aber wo bleibt denn dein Schatz?« fragte der Herr wieder. – »Schatz?« – entgegnete der Bursch – »o die kommt mir mit Extrapost nachgefahren wie eine Ananas im Glaskasten.« – Und wahrhaftig, als er unter den dunkeln Bäumen umherschaute, sah er seitwärts am Gartentor den Wagen, den er kaum verlassen, soeben im hellen Mondschein stillhalten. Aber die andern bemerkten es nicht mehr, sie waren schon lachend vorausgeeilt. »Er ist da, Herr Klarinett ist da!« riefen sie und sprangen nach dem Hause im Garten, daß der taftene Reifrock der Dame im Winde rauschte.

Indem aber hüpft auch das hübsche Frauenzimmer am Tor schon aus dem Wagen und gleich hinter ihr ein junger Mensch, schlank, gesellenhaft, ein Bündel auf dem Rücken; die streichen im Dunkel an dem Burschen, der nicht weiß wie ihm geschieht, schnell vorüber gerade nach dem Hause hin, und wie sie ankommen, geht eben die Haustür auf, ein Glanz von Lichtern schlägt blendend heraus, drin sumst und wimmelt es ordentlich vor Gesellschaft. »Da, Herr Klarinett und sein Schatz –« und »süperb« und »tausendwillkommen«, hört der Bursch von dem Hause, drauf noch ein großes Scharren und Komplimentieren auf der Schwelle, dann klappt auf einmal die Saaltür hinter dem ganzen Jubel zu, und der Bursch stand wieder ganz allein draußen in der Nacht.

Das ärgerte ihn sehr, denn wußt er gleich in der Finsternis nicht recht, wo eigentlich Fortunas Haarzopf hier flatterte, so hatte er ihn doch fast schon erwischt, und sah nun unschlüssig zwischen einem

Holunderstrauch hervor. Da eilt plötzlich ein galonierter Bedienter dicht an ihm vorüber, und in demselben Augenblick öffnet sich leise seitwärts ein Fensterchen und: »Pst pst, bist du's?« reicht ein weißer Arm fix eine Flasche Wein heraus. Der Bursch, nicht zu faul, langt schnell nach der Flasche, der Bediente, der soeben der prächtigen Felsentorte, die er nach dem Hause trug, heimlich zugesprochen, hatte beide Backen voll und konnte weder gleich reden noch zugreifen. Und eh er sich noch besinnt, hat der Bursch auch schon der Torte das Dach eingeschlagen und schiebt sie zur Flasche, in den Schubsack, das ging alles so still und rasch hintereinander, daß man's nicht so geschwind erzählen kann. Nun aber bekam der Bediente endlich Luft und schrie: »Diebe, Spitzbuben!« das Frauenzimmer am Fensterchen kreischte, ein Hund schlug im Garten an, mehrere Türen im Hause flogen heftig auf. Der Bursch indes war quer durchs Gesträuch schon am andern Ende des Gartens. Kaum aber hatte er beide Beine über den Zaun geschwungen, so schreit's schon wieder draußen: »Wer da!« neben ihm. Er, ohne Antwort zu geben, mit den dickgeschwollenen Rocktaschen über ein frischgeackertes Feld immerfort, daß der Staub flog, zwei Kerls mit langen Stangen hinter ihm: »Hallo«, und »fangt den Schnappsackspringer!« und Gärten rechts, und Gärten links, so stürzten endlich alle miteinander durch ein altes Tor unverhofft mitten in eine Stadt herein.

Hier wäre er ihnen um ein Haar entwischt, denn er hatte einen guten Vorsprung und flog eben in ein abgelegenes Seitengäßchen, aber das war zum Unglück eine Sackgasse, dort trieben sie ihn hinein und warfen ihm ihre Stangen nach den Füßen, worüber in der ganzen Gegend ein großes Verwundern und Tür- und Fensterklappen entstand. Da trat aber plötzlich ein langer Mann in einem zottigen Mantel um die Ecke, wie ein Tanzbär in Stiefeln, der faßte ohne ein Wort zu sagen, den einen Häscher am Genick, den andern an der Halsbinde, warf den dahin, den dorthin, riß dem dritten seine Stange aus der Hand und versetzte damit dem vierten, der etwas dick war und nicht so geschwind entspringen konnte, einen Schlag über den breiten Rücken, und in einem Augenblick war alles auseinandergestoben und der Platz leer. Nun wetzte er die eroberte Stange, die unten mit Eisen beschlagen war, kreuzweis auf dem Pflaster, daß es Funken gab, und rief zu wiederholten Malen: »Hoho, sind noch mehre da, die Prügel haben wollen?« Da sich aber niemand weiter meldete, so nahm er die Stange, die er einen Bleistift nannte, unter den einen Arm und den Burschen unter den andern, und führte

868

42

ihn über die Straße fort. Unterweges, als dieser sich wieder etwas erholt und nach allen Seiten umgesehen hatte, fragte er endlich, was denn das für eine Stadt sei? – »Das wird Halle geheißen«, erwiderte jener.

So kamen sie an ein kleines Haus und über eine enge Treppe, wo der Graumantel mit seinen ungeheuren Reiterstiefeln mehrmals stolperte, in eine große, wüste Stube, in der eine Öllampe verwirrte Scheine über die kahlen Wände und in die staubigen Winkel umherwarf. Der alte Student (denn das war der im Mantel) warf, wie er eintrat, seinen Bleistift mitten in die Stube und zog mühsam das Docht der halbverloschenen Lampe zurecht; da tauchte nach und nach allerlei Gerümpel ringsher aus der Dämmerung: ein ausgetrocknetes Dintenfaß, leere Bierflaschen, die als Leuchter gedient, Rapiere und ein alter Stiefel daneben, da hatt er seine Wäsche drin. Er selbst aber nahm sich, so bei Licht besehen, ziemlich graulich aus: große, weit heraustehende Augen, eine lederne Kappe auf dem zerzausten Kopf, einen Strick um den Leib und lauter Bart, wie ein Eremit.

Als er mit der Lampe fertig war, reckte er sich zufrieden, daß ihm alle Glieder knackten. »Ach«, sagte er, »solche Motion tut not, wenn man so den ganzen Tag über den Büchern hockt.« – Der Bursch sah sich überall um, aber es war kein Buch zu sehen. – Drauf wandte der Student sich zu ihm: »Aber Fuchs, bist du denn des Teufels«, sagte er, »gleich zwischen Spießen und Stangen hier mit der Tür ins Haus zu brechen!« – »Zerbrochen?« entgegnete der Bursch, erschrocken nach seinem Schubsack greifend, »nein, da ist die ganze Bescherung.«

Mit diesen Worten brachte er Flasche und Torte aus den Taschen hervor. Als der Student das sah, fragte er nicht weiter nach dem Herkommen, sondern verbiß sich, obgleich es fast über Mitternacht war, sogleich mit so erstaunlichem Appetit in die Felsentorte, daß ihm die Trümmer über den Bart herabkollerten. »Wie heißt du denn?« fragte er dazwischen. – Der Bursch, ohne sich lange zu bedenken, erwiderte: »Klarinett.« – »Hm, ein guter Klang«, meinte der Student. Dann griff er nach dem Wein, und da kein Glas da war, trank er ihm aus der Flasche zu: »Daß dich der Donner erschlag, Klarinett, wenn du nicht ein ordentlicher Kerl wirst! Überhaupt«, fuhr er, sich den Bart wischend fort, »wenn du studieren willst, da mußt du die Bücher in die Nase – wollt sagen die Nase in die Bücher stecken und Cajus, Cujacius und allen den schweinsledernen Kerls auf den Leib gehen, und wenn sie noch so dick wären!«

»Aber«, fiel ihm hier der Bursch ins Wort, »ich bin ja gar kein Student, sondern eigentlich ein wandernder Musikus.«

»Was, ein Musikant?« rief der Student, »was spielst du?« – »Das Klarinett.« – »Oho«, sagte er, »du pfeifst also deinen eignen Namen wie der Kuckuck.« Hier ging er, wie in reiflicher Überlegung, mit langen Schritten ein paarmal im Zimmer auf und nieder, dann blieb er plötzlich vor dem Burschen stehen, und vertraute ihm, wie er eine große, heimliche Lieb gefaßt hätte seit langer Zeit zu einer vornehmen Dame hier im Ort; er wüßte aber nicht, wie sie hieß, sondern ginge nur zuweilen an ihrem Hause vorüber, wo sie mit ihrem dicken Kopfzeug wie eine prächtige Hortensia am Fenster säße, aber sooft er unter die Fenster käme, hörte er bloß ein angenehmes Flüstern droben und sähe nichts als weiße Arme flimmern und Augen funkeln durch die Blumen –

Der Bursch versetzte darauf, er sollte sich nur etwas besser herausputzen bei solchen Gelegenheiten. – Der Student sah an sich herunter, schüttelte den Kopf und schien ganz zufrieden mit seinem Aufzuge. Dann sagte er, er hätte schon lange die Intention gehabt, vor ihren Fenstern eine Serenade aufzuführen, aber seine Kommilitonen könnte er dazu nicht brauchen, die würden ihn auszustechen suchen bei ihr; nun aber wolle er ihr morgen abend das Ständchen bringen, da sollte der Bursch mitblasen helfen.

Dieser war damit zufrieden, und nun sollte auch sogleich die Serenade eingeübt werden. Der Student nahm voller Eifer ein Waldhorn von der Wand, staubte es erst sorgfältig ab, setzte ein wackelichtes Notenpult unter Zorn und Fluchen, weil es nicht fest stehn wollte, mitten in der Stube zurecht, legte die Notenbücher drauf, und beide stellten sich nun einander gegenüber und fingen mit großer Anstrengung ein sehr künstliches Stück zu blasen an. Darüber aber war bei der nächtlichen Stille nach und nach die ganze Nachbarschaft in Aufruhr geraten. Ein Hund fing im Hofe zu heulen an, drauf tat sich erst bescheiden ein Fenster gegenüber auf, dann wieder eins, und endlich unaufhaltsam immer mehrere vom Keller bis zum Dach, und dicke und dünne Stimmen durcheinander, alles schimpfte und zankte auf die unverhoffte Nachtmusik. Zuletzt wurde es doch dem Studenten zu toll, er warf voller Wut das Horn weg, ergriff ein altes, verrostetes Pistol vom Tisch und drohte zum offenen Fenster hinaus, den Zipfel von jeder Schlafmütze herabzuschießen, die sich ferner am Fenster blicken ließe. Da duckten auf einmal alle Mausköpfe unter und es wurde stille draußen, nur der

Hund bellte noch ein Weilchen den Mond an, der prächtig über die alten Dächer schien.

Der Student aber, sich den Schweiß von der Stirn wischend, streckte sich nun ganz ermüdet der Länge nach auf das zerrissene Sofa hin, Klarinett sollte sich's auch kommode machen, aber es war nur ein einziger Stuhl in der Stube, und als er ihn angriff, ging die Lehne auseinander. Da wies der Student auf einen leeren Koffer neben dem Kanapee, dann verlangte er gähnend, Klarinett sollte ihm seinen Lebenslauf erzählen, damit er ihm darnach gute Ratschläge für sein weiteres Fortkommen erteilen könnte.

Der Bursch schoß einen seltsamen scharfen Blick herüber, als wollt er erst prüfen, wieviel er hier vertrauen dürfte, dann rückte er sich auf seinem Koffer zurecht und begann nach kurzem Besinnen:

»Ich weiß nicht, ob mein Vater ein Müller war, aber er wohnte in einer verfallenen Waldmühle, da rauschten die Wasser lustig genug, aber das Rad war zerbrochen und das Dach voller Lücken, in den klaren Winternächten sahen oft die Wölfe durch die Löcher ins Haus herein.«

»Was lachst du denn?« unterbrach ihn hier der Student. – »Wahrhaftig«, erwiderte der Bursch, »Ihr gemahnt mich heut ganz an meinen seligen Vater, wie ihn mir die Mutter einmal beschrieben hat.« – »Was geht mich dein seliger Vater an«,

meinte der Student. Aber der Bursch fuhr von neuem lachend fort: »Es war nämlich gerade den Abend nach einer Schlacht, man hatte den ganzen Tag in der Ferne schießen hören, da ging mein seliger Vater eilig ins Feld hinaus, denn die Mühle lag seitwärts im Grunde tief verschneit; so war der Krieg darüber weggegangen. Draußen aber hatte er mancherlei Plunder im Schnee verstreut, zerhauene Wämser, Fahnen, Pickelhauben und Waffen; mein Vater konnte alles brauchen, er fuhr sogleich in ein Paar ungeheure Reiterstiefel hinein, zog hastig Pappenheimsche Kürasse, schwedische Koller und Kroatenmäntel an, eins über das andre, dabei war er in der Geschwindigkeit mit beiden Armen in ein Paar spanische Pluderhosen geraten, der Wind blies den Kroatenmantel im Freien weit auf, je mehr er zuckte und reckte, je verwickelter wurde die Konfusion von Schlitzen, Falten, flatternden Zipfeln und Quasten, und als nun meine Mutter, die eben guter Hoffnung war, ihn so haspelnd und fluchend mit ausgespreizten Armen wie einen fliegenden Wegweiser daherstreichen sah, mußte sie so darüber lachen, daß sie plötzlich meiner genas. Und in demselben Augenblick, wo ich zur Welt kam, ging draußen klingendes Spiel durch die stille Luft, die Kaiserlichen bliesen noch im Fortziehn Victoria weit auf den Bergen, daß es lustig über den Schnee herüberklang, mein Vater meinte, das wäre ein gutes Zeichen, ich würde ein glücklicher Soldat werden. Ich selbst aber weiß mich von allem dem nur noch dunkel so viel zu erinnern, daß ich so recht still und warm in der wohlgeheizten Stube in meinen Kissen lag und verwundert die spielenden Ringe und Figuren betrachtete, welche die Nachtlampe an der Stubendecke abbildete. Das zahme Rotkehlchen war von dem ungewohnten Licht und Nachtrumor aufgewacht, schüttelte die Federn, wie wenn es auch sein Bettlein machen wollte, setzte sich dann neugierig auf die Bettlade vor mir und sang ganz leise, als wollt es mir zum Geburtstag gratulieren. Meine Mutter aber neigte sich mit ihrem schönen bleichen Gesicht und den großen Augen freundlich über mich, daß ihre Locken mich ganz umgaben, zwischen denen ich draußen die Sterne und den stillen Schnee durchs kleine Fenster hereinfunkeln sah. Seitdem, sooft ich eine klare, weitgestirnte Winternacht sehe, bin ich immer wieder wie neugeboren.« –

Hier hielt er plötzlich inne, denn er hörte soeben Herrn Suppius (so hieß der Student) auf dem Kanapee schon tüchtig schnarchen. Der Mondschein lag wie Schnee auf den Dächern, da war's ihm in dieser Stille, wie der Lampenschein so flatternd an der Decke spielte, als hörte er draußen die Wasser und den Wind wieder gehen durch die Wipfel im Wald und das Rotkehlchen wieder dazwischensingen. 872

2. Die Serenaden

Am folgenden Tage durchstrich Klarinett neugierig alle Gassen und Plätze, die der dreißigjährige Kriegssturm übel zugerichtet. Aber es gefiel ihm doch sehr, denn die ganze Stadt war jetzt wie ein lustiges Feldlager, die Studenten in schönen, unerhörten Trachten schwärmten plaudernd durch die Straßen, überall Lachen, Waffengeklirr und der fröhliche Klang der Jugend, als hätte sich mitten aus dem neuen Frieden, der nun allmählich draußen die müde Welt überzog, ein Haufen Holkscher Jäger hierhergeworfen, um die Wissenschaften zu erstürmen.

Als er endlich, nach vielem Umherirren und Fragen, ziemlich spät die Sackgasse wiedergefunden, traf er Herrn Suppius schon unten an der Haustür voller Unruhe wegen der verabredeten Serenade. Er hätte ihn beinah nicht wiedererkannt, denn er hatte einen gestickten Modefrack mit steifen Schößen angezogen und eine große Wolkenperücke auf dem Kopf, wie ein Gesandter. Er quälte sich soeben voll Zorn und Eifer, einen alten Degen, der nicht passen wollte, galant anzustecken, darüber waren mehrere Locken der Perücke aufgegangen, da und dort kam sein eignes struppiges Haar darunter hervor, aber er fragte nichts darnach, und stülpte einen dreieckigen Tressenhut drauf, daß es staubte, der saß ihm ganz hintenüber recht im Genick. Klarinett mußte nun auch geschwind seine besten Kleider anlegen, und als die balsamische Nacht über die verräucherten Dächer daherkam, wanderten schon beide vergnügt mit ihren Instrumenten durch die finstere Stadt. Ihre Tritte hallten in der abgelegenen Einsamkeit, nur ein Student sang noch am offnen Fenster zur Zither, mehrere Uhren schlugen verworren durch den Wind, der Nachtwächter rief eben die elfte Stunde, einige Stimmen ahmten ihn verhöhnend nach, man hörte Lärm und Gezänke in der Ferne, dann plötzlich alles wieder still. Auf einmal winkte Suppius, sie schlüpften durch eine Lücke der Stadtmauer ins Freie, und standen vor einem schönen, großen Hause. Klarinett betrachtete verwundert Dach, Erker und den mondbeschienenen Garten zur Seite, er glaubte nach und nach dieselbe Villa wiederzuerkennen, wo er gestern abends angekommen; da dacht er sich's gleich, daß es wieder nicht gut ablaufen würde.

873   Aber alles erschien heute von einer anderen Seite, sie waren in einen kleinen, winkligen Hof geraten voll Gerümpel und alter Tonnen, die Fenster im Hause waren fest verschlossen, nur die Wetterfahne drehte sich manchmal knarrend auf dem Dach, eine Katze unten funkelte sie mit ihren grünfeurigen Augen an und wand sich mit gebogenem Buckel spinnend um ihre Stiefel. »Hier heraus muß sie schlafen, halt dich nur dicht hinter mir«, sagte Suppius, sein Waldhorn leise zurechtsteckend.

Kaum aber hatten sie sich zwischen den Tonnen zum Blasen zurechtgestellt, so war's ihnen, als hörten sie von der einen Seite draußen ein Pferd schnauben. Sie setzten die Instrumente ab und horchten ein Weilchen, da ließ sich gleich darauf ein heimliches Knistern im Hause vernehmen, in demselben Augenblick tat sich ein Hinterpförtchen leise auf, ein Mann vorsichtig nach allen Seiten umschauend, trat hervor und führte ein Frauenzimmer, die zögernd folgte, schnell bei der Hand an den blühenden Sträuchern fort. Der Mond schien bald hell bald dunkel zwischen wechselnden Wolken, da sahen sie deutlich, wie der Mann jetzt unter den hohen Bäumen die Dame auf ein Pferd hob, sich selber hinter ihr hinaufschwang, einen weiten weißen Mantel um beide schlug und sacht und lautlos davonritt. Da warf Suppius plötzlich die leeren Tonnen auseinander, und mit einem Satz sich über den Zaun schwingend, rannte er unaufhaltsam mit entsetzlichem Geschrei übers Feld an den letzten Häusern vorüber, daß alle Hunde erwachten und die Leute erschrocken an die Fenster fuhren. Der Herr auf dem Pferde aber, da er ihn unverhofft mit seinen großen Stiefeln hinter sich so hohe, weite Sprünge machen sah, setzte die Sporen ein und es dauerte nicht lange, so waren Roß und Reiter verschwunden.

Der Student nun, als er sie im Dunkel verloren, blieb atemlos mitten im Felde stehen und schimpfte auf die Nacht, die alles bemäntelte, und auf den Mond, der wie eine Spitzbubenlaterne dazu leuchtete, und auf den Wind, der ihm die Wolkenperücke zerzauste, und auf Klarinett, der darüber lachte. – »Aber um Gottes willen, was gibt's denn eigentlich?« fragte dieser endlich ganz erstaunt. – »Was es gibt?« erwiderte Suppius zornig, »Mord, Totschlag, Entführung gibt's, hast du nicht den Reiter gesehen?« – »Ja, und eine Dame.« – »Und das war just meine Liebste!« rief Suppius.

Klarinett aber, da er diese unerwartete Nachricht vernommen, lag schon der Länge nach im Grase und legte das Ohr an den Boden. »Die Luft kommt von dorther«, sagte er eifrig, »ich höre noch den Klang der Huftritte von fern, jetzt schlagen die Hunde an drüben im Dorf, dort sind sie hin.« – »Gut, so steh nur rasch wieder auf«, sagte Suppius und beschloß sogleich, dem Entführer weiter nachzusetzen, Klarinett sollte auch mit, er selber habe alles von Wert bei sich und in der Stadt nichts zurückgelassen als ein paar lumpige Schulden, den Weg aber, den der Räuber eingeschlagen, kenne er wie seine Tasche und wisse recht gut, wohin er führe, sie brauchten nur schnell auf der Saale sich in einen Kahn zu werfen, so kämen sie ihnen noch vor Tagesanbruch ein gut Stück voraus.

Das war dem Klarinett eben recht, und so gingen sie rasch miteinander nach dem Ufer zu. Dort fanden sie bald unter dem Weidengebüsch einen angebundenen Nachen, ein Fischer lag drin voller Gedanken auf dem Rücken, der machte große Augen, als er Herrn Suppius, den hier in der Gegend alle kannten, so martialisch auf sich zukommen sah. Suppius sagte ihm, wo sie hinauswollten, der Fischer griff stumm und verschlafen nach den Rudern, und nach einigen Minuten fuhren sie alle schon lustig die Saale hinunter. Der Wind hatte unterdes die Wolken zerstreut, da legte Suppius, der sich in der Nachtkühle wieder ein wenig beruhigt, dem Fischer gelehrt den ganzen Himmelsplan aus mit lateinischen Skorpionen, Krebsen und Schlangen, und geriet, da der ungläubige Fischer von dem allen nichts wissen wollte, immer tiefer und eifriger in den Disput. Klarinett aber saß in der Einsamkeit ganz vorn im Kahn; das war eine prächtige Nacht! Sternschnuppen am Himmel, und Berge, Wälder und Dörfer am Ufer flogen wie im Traum vorüber, manchmal rauscht' es leise im Wasser auf, als wollte eine Nixe auftauchen in der großen Stille, von beiden Seiten hörte man Nachtigallen fern in den Gärten. Da sang Klarinett:

>>Möcht wissen, was sie schlagen
So schön bei der Nacht,
's ist in der Welt ja doch niemand,
Der mit ihnen wacht.

Und die Wolken, die reisen,
Und das Land ist so blaß,
Und die Nacht wandert leise,
Man hört's kaum, durchs Gras.

Nacht, Wolken, wohin sie gehen,
Ich weiß es recht gut,
Liegt ein Grund hinter den Höhen,
Wo meine Liebste jetzt ruht.

Zieht der Einsiedel sein Glöcklein,
Sie höret es nicht,
Es fallen ihr die Löcklein
Übers ganze Gesicht.

Und daß sie niemand erschrecket,
Der liebe Gott hat sie schier
Ganz mit Mondschein bedecket,
Da träumt sie von mir.<<

Jetzt glitt der Nachen durch das säuselnde Schilf ans Ufer, ein erleuchtetes Fenster spiegelte sich im Fluß, Klarinett erkannte nach und nach alte Mauern und Türme und eine Stadt im Mondschein. Suppius aber hatte ihn schon am Arme gefaßt und sprang mitten aus seinem Diskurse ans Land. »Dort am Galgen geht der Feldweg vorbei, den sie kommen müssen«, sagte er und bezahlte rasch den Schiffer, der gähnend wieder in die schöne Nacht hinausstieß. Die beiden aber schritten nun sogleich durch das alte Tor, da hatte der Krieg das Stadtwappen ausgebissen, bei der angenehmen Friedenszeit lag der Nachtwächter schnarchend auf der steinernen Bank daneben, der Mond beschien hell die stille Straße mit ihren spitzen, finstern Giebeln, draußen vom Felde hörte man fern eine Wachtel schlagen. Als sie auf den Markt kamen, machte Suppius plötzlich halt. »Die Stadt hat nur zwei Tore«, sagte er, »von dem Brunnen hier kann man von einem Tor zum andern sehn, die Nacht ist klar, sie mögen nun erst ankommen oder schon drin sein, hier können sie uns nicht entwischen.« Mit diesen Worten postierte er den Klarinett an die eine Seite des Brunnens und setzte sich selbst von der andern auf die steinerne Rampe, die Arme über der Brust verschlungen und unverwandt in die Straße hinausschauend. Indem bemerkte Klarinett noch Licht in einem schönen, großen Hause, ein tief heruntergebrannter Kronleuchter drehte sich, wie verschlafen, hinter den Scheiben, man schien soeben nach einem Tanze die Kerzen auszuputzen von einem Fenster zum andern, und bald war das ganze Haus ebenfalls dunkel bis auf ein einziges Zimmer. Da tat sich plötzlich unten eine Tür auf und laut plaudernd, scherzend und lachend, brach ein dunkles Häuflein in die kühle Stille heraus, es waren Schüler oder Musikanten mit überwachten Gesichtern, ihre Instrumente unter den Mänteln. Als sie noch das Licht oben sahn, traten sie schnell wieder zusammen, stellten sich unter das erleuchtete Fenster und fingen sogleich ein Ständchen zu blasen an, das zog wie ein goldener Traum über die schlafende Stadt. Auf einmal aber öffnete sich oben das Fenster, zwischen den rotseidenen Gardinen erschien eine schöne, schlanke Mädchengestalt und bog sich weit heraus in den Mondschein, als wollte sie zu ihnen sprechen.

»Da ist sie!« rief hier plötzlich Suppius, von dem Rande des steinernen Brunnens aufspringend. In demselben Augenblick aber faßte von hinten ein dunkler Arm das Mädchen schnell um den Leib, zog sie in das Zimmer zurück, und warf hastig das Fenster zu, dann sah man noch drin an den Wänden lange Schatten wie Windmühlflügel verworren durcheinanderarbeiten, und gleich darauf war auch das Licht oben ausgelöscht und alles wieder still.

Die unverhoffte Erscheinung des Suppius brachte die erschrockenen Musikanten unten ganz aus dem Konzept, einer sah den andern verwundert an, nur hier und da fuhr noch ein verlegener Ton aus, wie bei einer Orgel, der der Wind ausgegangen. Zu beiden Seiten ehrerbietig ausweichend, antworteten alle eifrig durcheinander: »Wir sind's, wir sind's, wir wollten ihnen, da sie oben noch Licht hatten, einen Willkommen blasen.« – »Wem denn?« – »Nun Ihr wißt's ja, die vorhin ankamen, als wir drin zum Tanze aufspielten, der fremde Herr mit der Dame.« – »Zu Pferd, im langen Mantel?« – »Ja, die Euch so höflich grüßten, Ihr saht eben auch zum Fenster heraus.« – »Ich?« – »Freilich, und: ›ha das faule Hofgesind!‹ rief der fremde Kavalier im Hofe, ›wo bleibt meine Leibkarosse?‹ Und als Ihr eben droben den Kehraus tanztet –« – »Da möcht man ja gleich des Teufels werden!« – »– kam auch die Karosse wirklich nach, Ihr rieft noch dem Kutscher aus dem Fenster zu, er sollt nach dem Hof fahren.« – »Wer ist hier betrunken, ich oder ihr?« – »Ich und 877 Ihr und wir alle für unseren Herrn Burgemeister, vivat hoch!« schrien da auf einmal die berauschten Musikanten, und wollten nun den Suppius, den sie in seinen höfischen Staatskleidern im Dunkeln für den Burgemeister hielten, durchaus mit Musik nach Hause bringen. Vergebens sträubte sich der entrüstete Student, sie ließen sich's nicht nehmen, und eh er sich's versah, setzten sie sich paarweis in Ordnung und schritten, einen feierlichen Marsch spielend, quer über den Markt voran, als wollten sie die Sterne am Himmel ausblasen. In ihrem Eifer merkten sie's gar nicht, daß Suppius an einer Straßenecke hinter ihnen entwischt war; immerfort blasend, bogen sie in die finstre Gasse hinein, da wurden von allen Seiten über dem Lärm die Hunde wach, dann hörte man sie noch mit dem Nachtwächter um den verlorenen Burgemeister zanken, immer weiter und weiter, bis endlich alles zwischen den dunklen Häusern nach und nach vertoste.

Unterdes aber hatten Suppius und Klarinett, der eine schimpfend, der andre lachend, schon den offnen Hof des Wirtshauses erreicht, als ihnen eine ausgespannte Reisekutsche mit Glasfenstern und vergoldeten Schnörkeln im Mondschein prächtig entgegenglitzerte. Suppius, bei dem erfreulichen Anblick ohne ein Wort zu sprechen, öffnete sogleich die Tür der verlassenen Kutsche, schob den verwunderten Klarinett in den Wagen und schwang sich selber hurtig nach. »So«, sagte er, nachdem er das Glasfenster hinter ihnen behutsam wieder geschlossen hatte, »jetzt sitzen wir mitten in der Entführung drin, wie der fromme Äneas im hölzernen Pferde, um die geraubte Helena zu retten; der Kavalier kann nicht fahren ohne Wagen, der Wagen nicht ohne mich, und ich nicht, ohne den Kavalier und den Wagen und ganz Troja umzuwerfen.« – »Amen, Gott weiß, wer dabei zuoberst oder zuunterst zu liegen kommt«, erwiderte Klarinett, dem die Bündigkeit des trojanischen Anschlages noch nicht recht einleuchten wollte. Eigentlich aber freute er sich selber sehr auf die Konfusion, die nun jeden Augenblick ausbrechen konnte.

Suppius hatte sich indes in der Finsternis des Wagens unverhofft in die seidnen Franzen und Quasten, die überall herumbommelten, verhaspelt und kam nicht aus dem Ärger. Dabei unterließ er aber doch nicht, von Zeit zu Zeit die Gardinen am Wagenfenster zurückzuschlagen und aus seinem Kastell Beobachtungen anzustellen. Das ganze Haus lag in tiefem Schlaf, nur von der einen Seite stand die Stalltür halb offen, sie hörten drin zuweilen Pferde stampfen und schnauben und einzelne Fußtritte, der Kutscher schien schon wach zu sein. Auf einmal stieß er Klarinett an. »Sieh doch«, sagte er, »was ist das für ein großer Pilz da auf der Hofmauer?«

»Das wackelt ja«, entgegnete Klarinett scharf hinblickend, »ein breiter Klapphut ist's, den Wind und Wetter so zerknattert haben, seht Ihr nicht die Augen darunter hervorfunkeln?«

»Wahrhaftig«, bemerkte Suppius wieder, »nun hampelt's und hebt sich's, Haare, Bart und Mantel verworren durcheinandergefilzt, jetzt kommt ein Bein über die Mauer.«

»Und ein Ellbogen aus dem Ärmel«, meinte Klarinett.

Indem aber schwang sich die ganze Figur plötzlich von der Mauer in den Hof hinab, eine zweite folgte, lange, bärtige, soldatische Gesellen.

Beide, erst nach allen Seiten umherspähend, schlichen an die Haustür und versuchten vorsichtig zu öffnen, fanden aber alles fest verschlossen. Suppius und Klarinett verwandten kein Auge von ihnen. Jetzt bemerkten sie, wie die Fremden, an der Stalltür vorbei, quer über den Hof gingen und in der Gaunersprache miteinander redeten. »Schau«, sagte der eine, »haben schöne Klebis« (Pferde), »werden Santzen« (Edelleute) »sein, oder vornehme Kummerer« (Kaufleute) »die nach Leipzig schwänzen« (reisen). – »Eine gute Schwärze« (Nacht), versetzte der andre, »es schlunt« (schläft) »noch alles im Schöcherbeth« (Wirtshaus), »kein Quin« (Hund) »bellt und kein Strohbohrer« (Gans) »raschelt. Alch« (troll dich)

»wollen die Karosse zerlegen, hat vielleicht Messen« (Gelder) »in den Eingeweiden.«

»Das sind verlaufne Lenninger« (Soldaten), flüsterte Klarinett, »die kommen bracken« (stehlen), »ich wollt, ich könnt den Mausköpfen grandige Kuffen stecken« (schwere Schläge geben!) – »Was Teufel, verstehst du denn auch das Rotwelsch?« fragte Suppius erstaunt.

Aber da war keine Zeit mehr zu Erklärungen, denn die Lenninger kamen jetzt gerade auf den Wagen los; der eine schnupperte ringsherum, ob er nicht einen Koffer oder Mantelsack fände, der andere aber griff geschwind, damit es sein Gesell nicht merken sollte, nach der Wagentür. Suppius und Klarinett hielten sie von innen fest, er konnte sie mühsam nur ein wenig öffnen, wunderte sich, daß es so schwer ging, und tappte sogleich mit der Hand hinein. »Aha, ein Paar Stiefeln!« sagte er vergnügt in sich, des überraschten Suppius Füße fassend.

Indem aber schnappt Klarinett die Tür, wie eine Auster, rasch wieder zu, der Dieb hatte kaum so viel Zeit, die gequetschte Hand zurückzuziehn, er meinte in der Finsternis nicht anders, sein Kamerad hätt ihn geklemmt, weil er ihm den ersten Griff nicht gönnte. »Was ist das!« rief er zornig und böse diesem zu, »bist ein Hautz« (Bauer), »und kein ehrlicher Gleicher« (Mitgesell), »möchtest alles allein schöchern« (trinken) »und mir den leeren Glestrich« (Glas) »lassen!« – Der andre, der gar nicht wußte was es gab, erwiderte ebenso: »Was barlest« (sprichst) »du so viel, wenn wir eben was auf dem Madium« (Ort) »haben, komm nur her, sollst mir den Hautz wie gefunkelten Johann« (Branntwein) »hinunterschlingen!« Da trat plötzlich der Mond aus den Wolken und der Kutscher in die Stalltür, und die erschrockenen Schnapphähne flogen, wie Eidechsen, unter dem Schatten des Hauses zwischen Steinen und Ritzen durch den Hof und über die Mauer wieder in die alte Freiheit hinaus.

»Nun, die bleiben auch noch draußen am Galgen hängen«, meinte Suppius aufatmend. Der schlaftrunkene Kutscher aber, der von allem nichts bemerkt hatte, siebte im Mondschein den Hafer für seine Pferde, gähnte laut und sang:

»Wann der Hahn kräht auf dem Dache,
Putzt der Mond die Lampe aus
Und die Stern ziehn von der Wache,
Gott behüte Land und Haus.«

Darauf ging der Knecht an den Brunnen im Hofe, plumpte Wasser in den Eimer und kämmte und wusch sich, umständlich mit vielem Gegurgel und Geräusch, zu großem Ärger des Suppius, der gerne gesprochen hätte. Endlich kehrte er in den Stall zurück, auch die Schnapphähne ließen sich nicht wieder blicken, und da nun alles still blieb, sagte Suppius ernst zu Klarinett gewendet: »Hör, junger Gesell, es ist ein löblicher Brauch, Verirrte auf den rechten Weg zu weisen. Du redetest vorhin ziemlich geläufig eine gewisse Sprache – Ex ungue leonem – Also glaube ich –«

»Was denn?« unterbrach ihn Klarinett etwas betroffen; »unter den Römern gab's Schnapphähne genug, und Ihr redet doch auch lateinisch.« Aber Suppius, den der Tiefsinn der Nacht angeweht, ließ sich nicht aus seiner feierlichen Verfassung bringen. Er hatte sich in das Wagenfenster gelehnt, den Kopf in die rechte Hand gestützt, die Sterne funkelten durch den Lindenbaum vor dem Hause, von den Bergen rauschte der Wald über die Dächer herein. »Da nimm dir ein Exempel dran«, fuhr er fort, »Wälder und Berge stehn nachts in Gedanken, da soll der Mensch sich auch bedenken. Alle weltliche Lust, Hoheit und Pracht, die Nacht hat alles umgeworfen, die wunderbare Königin der Einsamkeit, denn ihr Reich ist nicht von dieser Welt. Sie steigt auf alle Berge und stellt sich auf die Zinnen der Schlösser und schlägt mahnend die Glocken an, aber es hört es niemand als die armen Kranken, und niemand hört die Gewichte der Turmuhr schnurren und den Pendul der Zeit gehn in der stillen Stadt. Der Schlaf probiert heimlich den Tod, und der Traum die Ewigkeit. Da hab ich immer meine schönsten –«

Hier überwältigte ihn unversehens der Schlaf, er nickte ein paarmal mit seinem dreieckigen Tressenhut; dann plötzlich ein Weilchen wieder hinausstarrend, in abgebrochenen Sätzen wie eine abgelaufene Spieluhr: »Meine schönsten Gedanken«, hub er noch einmal an »– in der Nacht, wo Laub und Fledermaus und Igel und Iltis verworren miteinander flüstern – und der Mensch im Traume – ihre Sprache versteht.« –

Jetzt aber hatte die Nacht ihn selber umgeworfen. Klarinett horchte noch immer hin, denn es war ihm wirklich bei den Worten als hört' er des Einsiedels Glöcklein fern überm Wald. Er zog, da Suppius nun fest schlief, das Wagenfenster vorsichtig wieder auf; dann lehnt' er in Gedanken die Stirn an die Scheibe, da hörte er vom Stall her wieder das einförmige Schnurzen der Pferde beim Futter, und über ihm rauschte der

Baum und seitwärts die Saale hinter dem Hause fort und immerfort, bis auch er endlich vor großer Ermüdung einschlummerte. –

Ruck! – stießen da auf einmal beide so hart mit den Köpfen aneinander, daß es dröhnte. Suppius blickte wild nach allen Seiten um sich, und wußte durchaus nicht, wo er war. Als er sich aber endlich auf seine Liebste und die ganze Entführungsgeschichte wieder besonnen hatte, sagte er verwirrt: »Was ist das, Klarinett? wir fahren ja, ich glaube gar, nun werden wir

selbst entführt.« – »Ja, und gerade in einen Wald hinein«, erwiderte Klarinett nicht weniger verwundert, »seht nur, vier prächtige Rosse vor dem Wagen und der fromme Kutscher drauf.« – »Mit einem goldbordierten Hut«, sagte Suppius wieder, »und hinter uns aus der Stadt krähen uns die Hähne nach, als wollten sie uns foppen, mir scheint, ich wittre schon Morgenluft.« – »Freilich, aber die Fledermäuse schwirren noch durch die Dämmerung«, versetzte Klarinett plötzlich aufmerksamer zur Seite blickend, »da schaut nur zwischen die Bäume, da noch einer, dort wieder einer: bei Gott, das sind die Bärenhäuter von heute nacht, die halten Euch gewiß für den reisenden Kavalier.«

Indem aber fiel auch schon ein Schuß aus dem Walde und gleich darauf noch ein zweiter. Der Kutscher duckte sich, die Kugel pfiff über ihn weg, er peitschte heftig in die Pferde, Suppius schrie voll Wut aus dem Wagen: »Fehlgeschossen, ihr Narren! ich bin's ja nicht!« Der Kutscher, da er zu seinem großen Erstaunen auf einmal fremde Leute im Wagen bemerkte, die er gleichfalls für Strauchdiebe hielt, warf sich nun ohne weiteres aus dem Sattel, überkugelte sich ein paarmal im Graben und war dann schnell im Dickicht verschwunden. Über dem Lärm aber wurden die ledigen Pferde ganz wild, die Räuber fluchten, die Kugeln pfiffen, Suppius drohte, so sausten sie unaufhaltsam dahin, man hört' es noch lange durch die heitere Morgenstille rumpeln und schimpfen –

3. Waldesrauschen

In einer warmen Sommernacht schlief ein Mädchen im Wald, sie hatte den Kopf über den rechten Arm auf ihr Tamburin gelegt und das Gesicht gegen den Tau mit der Schürze bedeckt, ein Pferd weidete daneben, weiterhin lag ein junger Bursch, der wendete sich manchmal und redete unverständlich im Schlaf. Zwischen den Bäumen aber flog das erste halbe Morgenlicht schon schräg über den luftigen Rasen, ein paar Rehe, die in der Nacht mit dem Pferde geweidet, schlüpften raschelnd durch die Dämmerung tiefer in den Wald zurück, sonst war noch alles still.

Auf einmal ertönte ein gellender Wachtelschlag, das Mädchen hob sich rasch, daß die Glöckchen am Tamburin klangen. Es war der Vater, der mit seinem Pfeifchen die Schlafenden weckte. Er stand schon in voller Reisetracht: knappe blaue Beinkleider mit rotem Paß, und eine grüne ungersche Jacke mit gelben Schnüren und blinkenden Knöpfchen nachlässig über die Schulter geworfen, ein ehemaliger Soldat, der nun als Puppenspieler und starker Mann mit den Kindern durchs Land zog.   882

»Horch«, sagte er, »da krähen Hähne in weiter Ferne nach jener Seite hin, die Luft kommt von drüben, da muß ein Dorf sein, der Wald liegt hoch, besteig einmal den Tannenbaum, Seppi, und sieh dich um.« Der Bub reckte und dehnte sich mit beiden Armen in die ungewisse Luft und schüttelte die Locken aus der Stirn, dann kletterte er schnell in den höchsten Wipfel hinauf. Nach einem Weilchen rief er herab: »Da unten ist noch alles nachtkühl und still, es liegt alles durcheinander im tiefen Grund, da haben sie wieder ein Dorf verbrannt.« – »Ja, ja«, versetzte der Vater, »der große Schnitter Krieg mäht uns tapfer voran, man hört seine Sense bei Tag und bei Nacht klirren durchs Land, wir geringen Leut haben die Nachlese auf den Stoppeln. Siehst du sonst nichts?« – »In der Ferne ein schönes Schloß überm Wald, die Fenster glitzern herüber.« – »Raucht der Schornstein?« – »Ja, kerzengerad aus den Wipfeln.« – »Gut«, versetzte der Vater, »so komm nur wieder herunter, da wollen wir hin.« – Aber im Herabsteigen zögernd rief der Bursch noch einmal: »Ach aber da drüben, da liegt das ganze Tal schon im Sonnenschein, jetzt blitzen drunten Hellebarden aus den Kornfeldern, Landsknechte ziehn nach dem Walde zu, wie schön sie singen!« – »Da ist der Siglhupfer dabei!« sagte das Mädchen freudig. – Der Vater blickte rasch nach ihr herüber, man wußt niemals recht, ob er lächelte oder heimlich schnappen und beißen wollte, so scharf blitzten manchmal seine Zähne unter dem langen, gewichsten Schnurrbart hervor. »Rauch und Wind!« sagte er, »wer weiß, wo der Siglhupfer schon zerhauen im Graben liegt.« – Das Mädchen aber lachte: »Ihr sprecht immer so barsch, er denkt doch an mich, er ist ein Soldat von Fortüne und kommt wohl wieder, eh wir's denken, als Offizier zu Pferde mit hohen Federn auf dem Hut.«

Währenddes hatte sie ein Stück von einem zerschlagenen Spiegel vor sich an den Baum gelehnt, setzte sich davor ins Gras und flocht ihr langes, schwarzes Haar auf zigeunerisch in zierliche Zöpfchen, dabei biß sie von Zeit zu Zeit in eine Wecke

und streute einzelne Krümchen über den Rasen für die Vögel, die ihr neugierig aus dem Laube zusahen. Der Vater und Seppi aber zäumten und packten schon das Saumroß, unverdrossen bald einen König – bald einen Judenbart zurückschiebend, die in schmählicher Gleichheit durcheinandergeworfen, aus dem löcherigen Puppensack herausdrängten. Dann hauchte der Vater ein paarmal auf ein großes, schwarzes Pflaster, das er über das linke Auge und Backe legte, damit er martialischer aussäh und die Leute sich vor ihm fürchteten. Und als endlich alles reisefertig war, schwang er die Tochter in den Sattel, Seppi mußte vorausgehen, er aber führte das Pferd über die Wurzeln und Steine vorsichtig hinter sich am Zügel, und droben auf ihrem luftigen Sitze, das Tamburin neben sich gehängt, baumelte das Mädchen vergnügt mit den Füßchen und freute sich über ihre neuen roten Halbstiefeln; manchmal streifte ihr ein Zweig Stirn und Wange, daß sie wie eine Blume ganz voll Tauperlen hing. Da stimmte Seppi vorne lustig an:

»Der Wald, der Wald, daß Gott ihn grün erhalt,
Gibt gut Quartier und nimmt doch nichts dafür!«

Und das Mädchen antwortete sogleich:

»Zum grünen Wald wir Herberg halten,
Denn Hoffart ist nicht unser Ziel,
Im Wirtshaus, wo wir nicht bezahlten,
Es war der Ehre gar zu viel,
Der Wirt er wollt uns gar nicht lassen,
Sie ließen Kanne und Kartenspiel,
Die ganze Stadt war in den Gassen
Und von den Bänken mit Gebraus
Stürzt' die Schule heraus,
Wuchs der Haufe von Haus zu Haus,
Schwenkt' die Mützen und jubelt' und wogt',
Der Hatschier, die Stadtwacht, der Bettelvogt,
Wie wenn ein Prinz zieht auf die Freit,

Gab alles, alles uns fürstlich Geleit.
Wir aber schlugen den Markt hinab
Uns durch die Leut mit dem Wanderstab
Und hoch mit dem Tamburin, daß es schallt' –«

Und der Puppenspieler und Seppi fielen jubelnd ein:

»Zum Wald, zum Wald, zum schönen, grünen Wald!«

Das Mädchen sang wieder:

»Und da nun alle schlafen gingen,
Der Wald steckt seine Irrlicht' an,
Die Frösche tapfer Ständchen bringen,
Die Fledermaus schwirrt leis voran,
Und in dem Fluß auf feuchtem Steine
Gähnt laut der alte Wassermann,
Strählt sich den Bart im Mondenscheine
Und frägt ein Irrlicht, wer wir sind?
Das aber duckt sich geschwind,
Denn über ihn weg im Wind
Durch die Wipfel der wilde Jäger geht,
Und auf dem alten Turm sich dreht
Und kräht der Wetterhahn uns nach:
Ob wir nicht einkehrn unter sein Dach?
O Gockel, verfallen ist ja dein Haus,
Es sieht die Eule zum Fenster heraus
Und aus allen Toren rauschet der Wald.
Der Wald, der Wald, der schöne grüne Wald!

Und wenn wir müd einst, sehn wir blinken
Eine goldne Stadt still überm Land,
Am Tor Sankt Peter schon tut winken:
›Nur hier herein, Herr Musikant!‹
Die Engel von den Zinnen fragen,
Und wie sie uns erst recht erkannt,
Sie gleich die silbernen Pauken schlagen,
Sankt Peter selbst die Becken schwenkt,

Und voll Geigen hängt
Der Himmel, Cäcilia an zu streichen fängt,
Dazwischen hoch vivat! daß es prasselt und pufft,
Werfen die andern vom Wall in die Luft
Sternschnuppen, Kometen,
Gar prächtige Raketen,
Versengen Sankt Peter den Bart, daß er lacht,
Und wir ziehen heim, schöner Wald, gute Nacht!«

Und zum Chor machte der Puppenspieler mit dem Munde prasselnd das Feuerwerk nach, und Seppi schmetterte mit einem Pfeifchen wie eine Nachtigall, und die Tochter schwang ihr Tamburin schwirrend dazwischen; so zogen sie wie eine Bauernhochzeit durch den Wald in den aufblitzenden Morgen hinunter, als zögen sie schon ins Himmelreich hinein.

885 Als sie aber am Rand des Waldes zu sein vermeinten, fing jenseits der Wiese schon wieder ein andrer an, die Heiden waren ohne Weg, die Bäche ohne Steg, manchmal ward ihnen wie wenn sie Hunde bellen hörten aus der Ferne und Stimmen gehn im Grund, das Schloß aber, wohin sie zielten, stand bald drüben, bald dort, immer neue Schluchten dazwischen, als wollt es sie foppen. Und so war es fast schon wieder Abend geworden, als sie endlich, aus einem verworrenen Gebüsch tretend, auf einmal die Burg ganz nahe vor sich sahen.

Sie schauten sich erst nach allen Seiten um, eine Allee von wilden Kastanien führte nach dem Tor, man konnte bis in den gepflasterten Hof, und im Hofe einen Brunnen und Galerien rings an dem alten Hause sehen, es rührte sich aber nichts darin. »Ich weiß nicht, Denkeli«, sagte der Puppenspieler nach einem Weilchen zur Tochter, »das kommt mir doch kurios vor mit dem Schloß, das hängt ja alles so liederlich, die Sparren vom Dach und die Laden aus den Fenstern, als wär auch schon der Kriegsbesen darübergefahren.« – Indem schlug die Uhr vom Turme langsam durch die große Einsamkeit. – »Da muß aber doch jemand wohnen, der die Uhr aufzieht«, sagte Denkeli. – »Das tun die Toten bei Nacht in solchen Schlössern«, erwiderte der Vater verdrießlich.

Darüber waren sie an ein altes Gittertor gekommen, und blickten durch die ehemals vergoldeten Stäbe in den Schloßgarten hinein. Da lag alles einsam und schattig, kühl, Regen, Wind und Sonnenschein waren, wie es schien, schon lange die Gärtner gewesen, die hatten einen steinernen Neptun aufs Trockne gesetzt und ihm eine hohe grüne Mütze von Ginster bis über die Augen gezogen, wilder Wein, Efeu und Brombeer kletterten von allen Seiten an ihm heran, eine Menge Sperlinge tummelte sich lärmend in seinem Bart, er konnt sich mit seinem Dreizack vor dem Gesindel gar nicht mehr erwehren. Und wie er so sein Regiment verloren, reckten und dehnten sich auch die künstlich verschnittenen Laubwände und Baumfiguren aus ihrer langen Verzauberung phantastisch mit seltsamen Fühlhörnern, Kamelhälsen und Drachenflügeln in die neue Freiheit hinaus, und mitten unter ihnen auf dem Dach eines halbverfallenen Lusthauses saß melancholisch ein Pfau noch aus der vorigen Pracht, und rief der untergehenden Sonne nach, als hätte sie ihn hier in der Wildnis vergessen. Auf einmal aber tat es einen leuchtenden Blitz durchs Grün, eine wunderschöne Dame erschien tiefer im Garten, durch die stillen Gänge nach dem Schlosse zu wandelnd, ganz allein in prächtigem Gewande, ihr langes Haar wallte ihr wie ein goldener Mantel über die Schultern, die Abendsonne blitzte noch einmal leuchtend über das kostbare Geschmeide auf Stirn und Gürtel. Denkeli blickte sie scheu, doch unverwandt an, sie dachte an die vorigen Reden des Vaters, es war ihr, als ginge die Zauberin dieser Wildnis vorüber. Die Dame aber bemerkte die Wanderer nicht, sie sah ein paarmal zurück nach ihrer taftenen Schleppe, die schlängelnd hinter ihr herrauschte, und verlor sich dann wieder zwischen den Bäumen.

886

Jetzt hörten sie zu ihrem Erstaunen plötzlich auch Stimmen am Schloß, sie gingen eilig hin und bemerkten nach langem Umherirren endlich einen Balkon zwischen den Wipfeln, der nach dem Walde herausging. Dort sahen sie einige Herrn an dem steinernen Geländer stehen, die Dame aus dem Garten schien auch bei ihnen zu sein; aber sie konnten nichts deutlich erkennen, denn die Linde, die in voller Blüte stand, reichte bis an den Balkon, und die Abendsonne funkelte blendend dazwischen. Der Puppenspieler war auf alle Glücksfälle vorbereitet, er zog schnell eine Orgelpfeife, die er vor den Mund band, und eine Geige hervor, Seppi einen Triangel und Denkeli ihr Tamburin, und so stellten sie sich unter die Bäume und brachten gleich den Herrschaften ein Ständchen. Denkeli sah dabei öfters scharf hinauf; auf einmal ließ sie, mitten in dem Geschwirre abbrechend, Arm und Tamburin sinken, sie hatte in größter Verwirrung in dem einen Kavalier droben den Siglhupfer erkannt, sie sah, wie er galant und scharmant sich neigte und beugte und mit der Dame parlierte, sie konnt es gar nicht begreifen. Der Vater stieß sie ein paarmal mit dem Ellbogen an, sie sollte zu singen anfangen, aber sie warf das Köpfchen trotzig empor und wollte durchaus nicht, und dem Vater mochte sie die Ursach nicht sagen, denn er lachte sie immer aus mit ihrer Liebschaft. Während dem Hin-und-Herwinken aber kam auch schon eine Kammerjungfer schnell aus dem Schloß herunter und brachte ihnen einen Krug Wein und jedem einen Rosenobel sauber in Papier gewickelt mit der Botschaft, ihre Herrschaft sei heute gar nicht wohl, und zu müde, um die Musik anzuhören, auch sei im ganzen Hause kein Unterkommen für sie zur Nacht.

»Seht Ihr, sie mögen meinen Gesang ja nicht«, sagte Denkeli zum Vater; sie dachte bei sich, Siglhupfer habe sie erkannt und wolle sie nur 887 los sein, weil er sich ihrer schäme vor der vornehmen Dame.

Der Puppenspieler zuckte, ohne zu antworten, ein paarmal zornig mit den buschigten Augenbrauen, trank aber doch auf die Gesundheit der Dame und reichte drauf den Krug der Tochter, die ihn mit der Hand von sich stieß. So stritten sie heimlich untereinander, der Vater zankte noch immer über Denkelis Eigensinn, dann packte er heftig seine Instrumente zusammen, um weiterzuziehn, sie wußten nicht wohin in der fremden Gegend. Über ihnen aber summten die Bienen im Wipfel und hinter den Blüten droben plauderten und lachten die Herrschaften in der schönen Abendkühle und machten sich lustig über die Bettelmusikanten, Denkeli erkannte Siglhupfers Stimme darunter recht gut, das schnitt ihr durch die Seele! manchmal sah sie auch seinen Federhut und die Locken und den Schmuck der Dame durch die Zweige schimmern, es war ihr alles wie ein Traum. Im Weggehn fragte sie die Jungfer noch: »Wer ist denn der junge Herr da droben?«

»Ei, Ihr kommt wohl von weit her?« erwiderte diese, »das ist ja der Herr Rittmeister von Klarinett, der Bräutigam des gnädigen Fräulein.«

4. Das verzauberte Schloß

Der Schall einer Trompete gab das Zeichen zur Tafel. Eine Flügeltür tat sich plötzlich auf und Suppius, in goldbrokatenem Staatskleid leuchtend, einen Federhut in der einen Hand, führte an der andern eine prächtige Dame, von kostbaren Armbändern, Halsketten und Ohrgehängen umblitzt und umbommelt, daß man nicht hinsehn konnte, wenn die Sonne darauf schien. So stiegen beide feierlich eine steinerne Treppe in den großen, alten Gartensaal hinab, ein Hündchen mit silbernen Schellen um den Hals trat oft der Dame auf die schwere Schleppe, die von Stufe zu Stufe hinter ihnen her rauschte. Klarinett folgte in reicher Offizierkleidung: in dunkelgrünem Samt mit geschlitzten Ärmeln, einem Kragen von Brüssler Kanten darüber und den Hut mit goldner Spange und nicken den Federn schief auf den Kopf gedrückt, es paßte ihm alles prächtig. Er spielte vornehm mit einer Reitgerte und nickte kaum, als ihm der Diener der Dame meldete, daß sein Reisegepäck gehörig untergebracht sei.

Im Saale aber war der Tisch schon gedeckt, sie nahmen mit großem Geräusch und unter vielen Komplimenten Platz auf den schweren rotsamtenen Sesseln mit hohen künstlich geschnitzten Lehnen. Klarinett überblickte unterdes erstaunt die Tafel, da gab's so wunderliche Pracht, abenteuerlich gehenkelte Krüge, hohe, altmodisch geschliffene Stengelgläser von den verschiedensten Farben und Gestalten, seltsam getürmte Speisen und Schaugerichte und heidnische Götter von Silber dazwischen, die Pomeranzen in den Händen hielten. Seitwärts aber stand die Tür auf, daß man weit in den Garten sehn konnte, die Sonne funkelte in den Gläsern, der Diener eilte mit Schüsseln und vergoldeten Aufsätzen flimmernd hin und her, und draußen sangen die Vögel dazu und vor der Tür saß ein Pfau auf der marmornen Rampe und schlug sein prächtiges Rad.

So saßen sie lange in freudenreichem Schalle, da hub Fräulein Euphrosine (so war die Dame genannt) mit freundlicher Gebärde an: sie könne sich noch immer nicht dreinfinden, denn es käme selten ein Fremder in diese Einsamkeit, und keiner so seltsam, als ihre beiden Gäste, die, wie sie versicherte, heut beim ersten Morgengrauen vom Walde quer übers Feld plötzlich mit vier schäumenden Rossen ohne Kutscher mitten in den Schloßhof, und gewiß auch am andern Ende wieder hinausgeflogen wären, hätten sie nicht am Torpfeiler Achse und Deichsel gebrochen. – Klarinett, mit zierlichen Reden den verursachten Schreck entschuldigend, erzählte nun, sie seien fremde Kavaliere, die vom Westfälischen Frieden nach ihren Herrschaften reisend, in jenem Wald von Räubern überfallen worden, Haushofmeister, Kutscher, Leibhusar, alles sei erschossen; und da das Fräulein auf die Frage: ob sie in Tztschneß hinter Tzquali in Mingrelim bekannt? mit dem Kopf schüttelte, bedauerte er das sehr, denn gerade von dort seien sie her.

Suppius stürzte ein Glas Ungarwein so eilig aus, daß er sich den gestickten Zipfel seiner Halsbinde begoß; es war, als hätte Klarinett mit seinen Lügen ihn plötzlich in einen Strom gestoßen, nun mußte er mit durch, oder schmählich vor den Augen der Dame untergehn. Dabei sah er oft das Fräulein bedenklich von der Seite an, sie kam ihm schon wieder auf ein Haar wie seine entführte Geliebte vor, aber er traute sich doch nicht recht, er hatte seine Liebste so selten und immer nur flüchtig am Fenster hinter den Blumen gesehen; so wurde er ganz konfus und wagte es nicht, von der Entführung zu reden. Und als er darauf dennoch

889

mit großer Feinheit die Sommerkühle der vergangenen Nacht pries, gelegentlich einen Seitenblick über jenes mondbeschienene Städtchen warf, und endlich leise über den Marktplatz am steinernen Brunnen vorbei zu dem Wirtshaus kam, auf das Fenster zielend, wo ihnen damals der lieblichste Stern erschienen: sah die Dame ihn befremdet an und wußte durchaus nicht, was er wollte. Aber Suppius war einmal im Zuge ausbündiger Galanterie. »Was frag ich noch nach Sternen!« rief er aus, »flogen wir doch auf vergoldeten Rädern Fortunas aus Nacht zu Aurora, daß ich vor Blendung noch nicht aufzublicken vermag.« – Da schlug das Fräulein mit einem angenehmen Lächeln die schönen Augen nieder, Suppius, entzückt, griff hastig nach ihren Fingerspitzen um sie zu küssen, warf aber dabei mit dem breiten Aufschlag seines Ärmels dem silbernen Cupido die Pomeranze aus der Hand, und wie er sie haschen wollte, verwickelte er sich mit Sporen und Degenspitze unversehens ins Tischtuch, alle Gläser stießen auf einmal klirrend an, als wollten sie seine Gesundheit ausbringen, der Cupido stürzte und riß einen Weinkrug mit, das Hündchen bellte, der Pfau draußen schrie. Euphrosine aber mit flüchtigem Erröten stand rasch auf, die Tafel aufhebend, indem sie dem Klarinett ihren Arm reichte.

Sie traten vor die Saaltür auf die Terrasse, von der eine breite Marmortreppe nach dem Garten führte. Eine Eidechse, als sie herauskamen, fuhr erschrocken zwischen die Ritzen der Stufen, aus denen überall das Gras hervordrang, seitwärts stand ein alter Feldstuhl, eine Zither lehnte daran. Als Suppius, der noch immer den Aufruhr an der Tafel mit seinen weiten Alamodeärmeln ausführlich zu entschuldigen beflissen war, das Instrument erblickte, stockt' er auf einmal und entfernte sich schnell wie einer, der plötzlich einen guten Einfall hat. Das Fräulein aber ließ sich in der Tür auf dem Feldstuhl nieder, Klarinett, die Zither auf den Knien prüfend und stimmend, setzte sich auf die Stufen zu ihren Füßen, daß der Pfau von dem steinernen Geländer ihm mit seinem schlanken Hals über die Schulter sah. Draußen aber war es unterdes kühl geworden, der ganze Garten stand tief in Abendrot, während die Täler schon dunkelten, auch der Pfau steckte jetzt den Kopf unter die Flügel zum Schlaf, die Luft kam über den Garten und brachte den Schall einer Abendglocke aus weiter Ferne. Da fiel dem Klarinett in dieser Abgeschiedenheit eine Sage ein, die er unten in den Dörfern gehört, und da das Fräulein sie wissen wollte, erzählte er von einem verzauberten Schlosse 890 des Grafen Gerold, da wüchse auch das Gras aus den Steinen, da sänge kein Vogel ringsum, und kein Fenster würde jemals geöffnet, man höre nichts als den Wetterhahn sich drehn und den Zugwind flüstern und zuweilen bei großer Trockne das Getäfel krachen im Schloß, so stünd es öde seit hundert Jahren, als redet' es mit geschlossenen Augen im Traum. – Jetzt hatte er die Zither in Ordnung gebracht. – »Es gibt auch eine Weise darauf«, sagte er, und sang:

»Doch manchmal in Sommertagen
Durch die schwüle Einsamkeit
Hört man mittags die Turmuhr schlagen
Wie aus einer fremden Zeit.

Und ein Schiffer zu dieser Stunde
Sah einst eine schöne Frau
Vom Erker schaun zum Grunde –
Er ruderte schneller vor Graun.

Sie schüttelt' die dunkeln Locken
Aus ihrem Angesicht:
›Was ruderst du so erschrocken,
Behüt dich Gott, dich mein ich nicht.‹

Sie zog ein Ringlein vom Finger,
Warf's tief in die Saale hinein:
›Und der mir es wiederbringet,
Der soll mein Liebster sein!‹«

Hier gewahrte Klarinett auf einmal, daß das Fräulein, wie in tiefes Nachsinnen versunken, aufmerksam den kostbaren Demantring betrachtete, den er mit dem andern Staat in der fremden Karosse gefunden und leichtsinnig angesteckt. Er stutzte einen Augenblick, das Fräulein aber, als hätte sie nichts bemerkt, fragte mit seltsamem Lächeln nach dem Ausgang der Sage. Klarinett, etwas verwirrt, erzählte weiter: »Und wenn nun der Rechte mit dem Ringe kommt, hört die Verzauberung auf, aus den Winkeln der stillen Gemächer erheben sich überall schlaftrunken Männer und Frauen in seltsamen Trachten, das öde Schloß wird nach und nach lebendig, Diener rennen, die Vögel singen wieder draußen in den Bäumen, und dem Liebsten gehört das Land, so weit man vom Turme sehn kann.«

Bei diesen Worten fiel auf einmal draußen ein Waldhorn ein; der galante Suppius war es, er zog in seinem Goldbrokat wie ein ungeheurer Johanniswurm durch den Finstern Garten, als wollt er mit seinen Klängen die Nacht anbrechen, die nun von allen Seiten prächtig über die Wälder heraufstieg, Schloß, Büsche und Garten wurden immer wunderbarer im Mondschein, und wenn die Luft die Zweige teilte, blinkte aus der Tiefe unterm Schloß die Saale herauf und das Geschmeide und die Augen des Fräuleins blitzten verwirrend dazwischen – Da hub plötzlich die Uhr vom Turme zu schlagen an. Klarinett fuhr unwillkürlich zusammen, in demselben Augenblick glaubte er einen flüchtigen Händedruck zu fühlen, und als er verwundert aufsah, traf ihn ein funkelnder Blick der Dame.

Indem aber trat der Diener mit einer Kerze hinter ihnen in den Saal, um die Fremden ins Schlafgemach zu geleiten, die Dame erhob sich zierlich und gemessen wie sonst, und war nach einer freundlichen Verbeugung schnell durch eine innere Tür des Saals verschwunden. Doch als Klarinett sich betroffen wandte, ging eben der Mond aus einer Wolke und beschien hell das steinerne Bildwerk über der Tür: es war wirklich das ihm wohlbekannte Wappen des Grafen Gerold. – Was ist denn das? dachte er erschrocken, am Ende hab ich da selber den Ring. –

Am folgenden Tage hielt er's fast für einen Traum, so ganz anders sah die Welt aus, der Morgen hatte alles wieder mit Glanz und Vogelschall verdeckt, nur das unheimliche Wappen über der Tür blieb aus jener Nacht, und der Zauberblick der Dame. Er hatte sich in dem Wetterleuchten ihrer Augen nicht geirrt, sie spielten munter fort, ihre Liebe zu Klarinett brach rasch aus wie der Frühling nach einem warmen Gewitterregen. Und so ließ er denn auch alles gut sein und wollte mit

Grübeln das Glück nicht versuchen, das ihm so unversehens über den Kopf gewachsen.

Dem Suppius aber ging es über den seinen weg, ohne daß er's merkte. Jeden Morgen putzte er sich, mit Rat und Beistand des mutwilligen Klarinett, auf das sorgfältigste heraus, und probierte vor dem Wandspiegel insgeheim artige Stellungen. Aber bis zu Mittag war doch alles wieder schief und verschoben, das vornehme Kleid der guten Lebensart, saß ihm als wär er in der Eile mit einem Arm in den falschen Ärmel gefahren. Manchmal fielen ihm auch plötzlich die Wissenschaften wieder ein, da erschrak er sehr und verwünschte alle Abenteuer, die er doch immer selber wieder anzettelte. Dann ergriff er hastig das dicke Buch, das in der Tasche seines Serenadenrockes mitgekommen, damit setzte er sich in die abgelegensten Winkel des Gartens ins Gras, und schlug das Kapitel auf, wo er in Halle stehngeblieben. Aber der alte Ungarwein aus dem Schloßkeller war stärker als er, der ließ die Buchstaben auf magyarisch vor ihm tanzen und drückte ihm jedesmal die Augen zu und die Nase ins Buch. Und wenn er aufwachte, steckte zu seinem Erstaunen das Zeichen im Buch immer beim unrechten Paragraphen, auch glaubte er auf dem Rasen Spuren von Damenschuhen zu bemerken, als hätten ihn Elfen im Schlafe besucht, ja das eine Mal lag, statt des Zeichens, ein ganzer Strauß brennender Liebe zwischen den Blättern. Da steckt' er ihn triumphierend vorn an die Brust und sprach den ganzen Tag durch die Blume zu Euphrosine von heimlicher Liebe und Hochzeit. Er zweifelte und verwunderte sich nicht, daß sie in ihn verliebt, und ließ oft gegen Klarinett fallen, wie er darauf bedacht sein werde, ihn hier als seinen Kapellmeister oder Fasanengärtner anzustellen.

Klarinett aber wußt es wohl besser, es kam alles bald zum Ausgang. Denn als er eines Morgens bei einem Spaziergang mit Euphrosine und ihrem Diener auf eine Anhöhe gestiegen, von der man weit ins Land hinaussehn konnte, wies ihm der Diener rings in die Runde die Schlösser, Wälder, Teiche, weidende Herden und Untertanen, die alle seinem Fräulein gehörten. Der Morgen funkelte drüber, die Teiche blickten wie Augen aus dem Grün, alle Wälder grüßten ehrerbietig rauschend herauf, Klarinett war wie geblendet. Da sagte Euphrosine rasch: »Und alles ist dein – wenn du diese Hand nicht verschmähst«, setzte sie mit gesenkten Augen kaum hörbar hinzu. Klarinett aber, ganz verblüfft, stürzte auf ein Knie nieder und schwor, so wahr er Kavalier und Rittmeister sei, wolle er sie nimmer verlassen, und ein Kuß auf ihre

892

Hand versiegelte den schönen Bund, und in dem Auge des grauen Dieners zitterte eine Freudenträne.

Nun aber lebten sie alle vergnügt von einem Tage zum andern, da war nichts als Schmausen und Musizieren und Umherliegen über Rasenbänken und Kanapees. Täglich zur selben Zeit lustwandelten sie rauschend in vollem Staate vor dem Schloß, gleichsam leuchtende Zirkel und Namenszüge durch den Garten beschreibend, der mit seinen Schnörkeln von bunten Scherben wie ein Hochzeitskuchen im Sonnenschein lag, im Hofe hatte der blühende Holunderbusch ihre Staatskarosse schon beinah ganz überwachsen, auf der Marmortreppe schlug der Pfau täglich dasselbe Rad, die Vögel sangen immer dieselben Lieder in denselben Bäumen. Und an einem prächtigen Morgen, den er halb verschlafen, dehnte sich Klarinett, daß ihm die Glieder vor Nichtstun knackten; »nein«, sagte er, »nichts langweiliger als Glück!«

5. Fortunas Schildknappen

Zur selben Zeit lag das Dorf, das einst zu dem Schlosse gehört, fern unterm Berg in Trümmern. Es war seit dem letzten Durchzug der Schweden zerstört und verlassen, nun rückte der Wald, den die Bauern so lange tapfer zurückgedrängt, über die verrasten Beete unter Vogelschall mit Stacheln, Disteln und Dornen wieder ein und hatte sich das verbrannte Gebälk schon mit Efeu und wilden Blumen prächtig ausgeschmückt und auf dem höchsten Aschenhaufen einen blühenden Strauch als Siegesfahne ausgesteckt, nur einzelne Schornsteine streckten noch, wie Geister, verwundert die langen weißen Hälse aus der verwilderten Einsamkeit. Heute aber fing auf einmal der eine Schornstein wieder zu rauchen an, ein helles Feuer knisterte unter demselben, und sooft der Wind den Rauch teilte, sah man in der Glut des Widerscheins wilde dunkle Gestalten, wie Arbeiter in einem Eisenhammer, mit aufgestreiften Ärmeln vor dem Feuer hantieren, kochen und Bratspieße drehn; einer saß im Grase und flickte sein Wams, ein andrer lag daneben und sah ihm verächtlich zu, den Arm stolz in die Seite gestemmt, daß ihm im Mondschein der Ellbogen aus dem Loch im Ärmel glänzte, während weiterhin zwei Holkische Jäger soeben durch das Dickicht brachen und ein frischgeschossenes Reh herbeischleppten. Es waren versprengte Landsknechte, die das Ende des Dreißigjährigen Krieges plötzlich vom

Pferd auf den Friedens- und Bettelfuß gesetzt. In solchem Schimpf hatten sie beschlossen, den Krieg auf ihre eigne Faust fortzusetzen und sich mitten durch ihren gemeinschaftlichen Feind, den Frieden, nach Ungarn durchzuschlagen, wo sie gegen die Türken neue Ehre und Beute zu gewinnen hofften.

»Hartes Bett, gemeines Bett!« sagte der Stolze mit dem Loch im Ärmel, »heute ist's gerade ein Jahr, es war auch so eine blanke Nacht, da hing's nur von mir ab, ich konnte auf kostbaren Teppichen liegen mit eingewirkten Wappen, in jedem Zipfel mein Namenszug in Gold.« –

Da kniff ein grauer Kerl seitwärts den neben ihm liegenden Dudelsack, der plötzlich schnarrend einfiel. – »Ruhe da!« rief ein breiter Landsknecht hinüber, und mehrere Schalke rückten zum Feuer, um den Schreckenberger (so hieß der Stolze) besser zu hören. Dieser warf dem Dudelsack einen martialischen Blick zu und fuhr fort:

»Denkt ihr noch dran, nach der Schlacht bei Hanau, wie wir da querfeld mit der Regimentskasse retirierten, nichts als Rauchwirbel in der Ferne und Rabenzüge über uns, in den Dörfern guckten die Wölfe aus den Fenstern, und die Bauern grasten im Wald.« – »Freilich«, versetzte der schlaue Landsknecht, »und eine Dame auf kostbarem Zelter, einen Pagen hinter sich, immer neben uns her, und als wir am Abend an einem verbrannten Dorfe haltmachten, kehrte sie auch über Nacht ein in dem wüsten Gartenschloß daneben.« – »Ja, und die Augen«, sagte Schreckenberger, »spielten ihr wie zwei Spiegel im Sonnenschein, dich und die andern hat's geblendet, ihr wart alle vernarrt in sie. Nun denk ich an nichts und gehe abends am Schloß vorüber, da schreibt sie euch aus dem Fenster ordentlich: vivat Schreckenberger! mit den feurigen Blicken in die Luft, und wie ich mich wende, ruft sie: ›Ach!‹ und fällt in Ohnmacht vor großer Lieb zu mir. So was war mir schon oft passiert, ich fragt wenig darnach, da ich aber tiefer im Garten bin, kommt plötzlich der Page im Dunkel daher mit einem Brief an mich auf rosenfarbnem Papier.«

Hier zog Schreckenberger ein Brieflein aus dem Wams und reichte es mit vornehm zugekniffenen Augen über die Achsel den andern hin. Der Landsknecht nahm es hastig und las: »Im Garten bei Nacht – Das Lusthaus ohne Wacht – Sturmleitern daran – Cupido führt an – Um Mitternacht Runde – Parol: Adelgunde.« –

»Das klappt ja wie ein Trommelwirbel«, sagte der Landsknecht, indem er, den Brief zurückgebend, neugierig noch näher rückte, »ja, Cupido hat schon manchen angeführt, nur weiter, weiter!«

»Kurz: um Mitternacht bin ich auf meinem Posten«, hub Schreckenberger wieder an, »im Garten nichts als Mondschein, große Stille, das Lusthaus wie's im Briefe steht, droben ein offnes Fenster auf dem Dach, drunten eine Leiter, ich weiß nicht mehr, ob von Sandelholz oder Seide oder Frauenhaaren. Ich fackle nicht lange, die Büchse auf dem Rücken, in jeder Hand ein Pistol, den blanken Säbel zwischen den Zähnen, so klettr ich hinauf –«

»Also du warst es doch!« fiel hier der Landsknecht verwundert ein.

»Nun wer denn sonst?« erwiderte Schreckenberger, »und Jasmin, wie ich hinaufsteige, Rose von Jericho, Holunder, Jelängerjelieber, alles umhalst und umschlingt mich vor Freuden, das riß sich ordentlich um mich, daß ich die Sporen nicht nachbringen konnte, und vom Fenster droben hoben mich plötzlich zwei alabasterne Schwanenarme aus dem Brunnen der Nacht, und über mir ein prächtiges Gewitter von schwarzen Locken, da blitzen Augen und Juwelen draus, und in dem Brunnen gehn immerfort goldne Eimer auf und nieder mit Muskateller und Konfekt, und die Gräfin Adelgunde sitzt neben mir auf einem mit Diamanten gesprenkelten Kanapee, und: ›langen Sie zu‹, sagte sie, und: ›o ich bitte sehr‹, sag ich – Da hör ich auf einmal unter uns in dem Lustpalaste inwendig ein Gesumse wie in einem Bienenstock. ›Was war das?‹ ruf ich –«

Jetzt brach plötzlich ein Lachen aus. »Wir waren's«, sagte einer der Zuhörer, »denn wir steckten ja alle drin, der Page hatte uns alle nacheinander auch ins Lusthaus geladen und drauf die Tür hinter uns verriegelt.«

Aber Schreckenberger, einmal im Strom der Erzählung, ließ sich nicht irremachen; »ich springe auf«, fuhr er fort, »»ha Verrat!« schrei ich –«

Nun sprachen alle rasch durcheinander: »Ja, du machtest einen Teufelslärm auf dem Dache, denn sie hatten hinter dir die Leiter weggenommen und das Fenster oben war verschlossen.«

»Und die Gräfin in dem einen Arm, den Säbel im andern, und unter mir kocht's und zischt's und rumpelt's –«

»Freilich, im dunklen Lusthaus stießen wir einer auf den andern, und einer fragte den andern trotzig, was er hier suchte, und jeder hatte seine

Parole Adelgunde, bis wir zuletzt alle aneinandergerieten und aus der Parole ein großes Feldgeschrei und Geraufe wurde.«

»Und ich steche links, steche rechts, die Gräfin, ohnmächtig, ruft: ›Genug des Gemetzels!‹ Aber ich laß mich nicht halten und feure prasselnd alle meine Pistolen ab nach allen Seiten wie ein Feuerwerk –«

»Das hörten wir wohl«, fiel nun der Landsknecht wieder ein, »und hielten's für einen feindlichen Überfall, da arbeiteten wir und stemmten uns an die verriegelte Tür und die Wände, bis das ganze morsche Lusthaus über uns in Stücken auseinanderging. So kamst du auch kopfüber mit herunter – du machtest einmal Sprünge quer übers Feld fort, ohne dich umzusehn! wir erkannten dich nicht in der Verwirrung, und wußten dann gar nicht, wo du auf einmal hingekommen; später hieß es, du wärst zu den Kaiserlichen desertiert in dieser Nacht.«

»Nacht?« fuhr der unverwüstliche Schreckenberger noch immer fort, »ja recht mitten durch die Nacht auf einem schneeweißen Zelter, sich die Tränen wischend mit dem goldbordierten Schleier und mir zuwinkend, flog die dankbar gerettete Gräfin –«

»Mit eurer verlaßnen Regimentskasse in die weite Welt«, versetzte einer der Holkischen Jäger, »denn es war unsere Marketenderin, die schöne Sinka, die hatt's euch allen angetan, das merkte sie wohl und vexierte euch von der Feldwacht fort.«

Schreckenberger schwieg und warf wieder einen martialischen Blick rings in die Runde. Aber der Jäger fuhr fort: »Und gleich am andern Morgen, da wir bei unserem Regiment sie alle kannten, wurden wir kommandiert, ihr nachzusetzen. Das war eine lustige Jagd, wir strichen wie die Füchse auf allen Diebswegen und schüttelten jeden Baum, ob das saubere Früchtchen nicht herabfiel. So kamen wir am folgenden Abend – es war gerade ein Sonntag – in ein kleines Städtchen; da war großes Gewirr auf dem Platz, ein Stoßen und Drängen und Lärm von Trommeln und Pfeifen, in allen Fenstern lagen Damen wie ein Blumengeländer bis an die Dächer herauf, wo die Schornsteinfeger aus den Rauchfängen guckten und vor Lust ihre Besen schwangen. An des Burgemeisters Hause aber war vom Balkon ein Seil gespannt über die Stadt und die Gärten weg bis zum Waldberg jenseits überm Fluß. Ein schlanker Bursch stand auf dem Geländer des Balkons in flimmernder spanischer Tracht mit wallenden Locken. Der alte Burgemeister schien wie vernarrt in das blanke Püppchen, plauderte und nickte ihm freundlich zu, daß die Sonne in den Edelsteinen seines kostbaren Hutes

897

spielte, der Bursch reckte ihm lachend den Fuß hin, er mußte ihm mit
einem großen Stück Kreide die Sohlen einreiben. Auf einmal wendet er
sich herum – ›das ist Sinka!‹ ruf ich erstaunt meinen Kameraden zu. –
Aber sie hatte uns auch schon bemerkt, und eh wir uns durchdrängen
können, nimmt sie rasch dem Burgemeister den kostbaren Hut von der
Glatze, drückt sich ihn auf die Locken, und zierlich mit zwei bunten
Fähnchen schwenkend und grüßend, schreitet sie unter großem Jubelgeschrei über Köpfe, Dächer und Gärten fort. Der Abend dunkelte schon,
das Seil wurde unkenntlich aus der Ferne, es war als ginge sie durch
die leere Luft, die untergehende Sonne blitzte noch einmal in den Steinen
am Hut, so verschwand sie wie eine Sternschnuppe jenseits überm
Walde; niemand hat sie wiedergesehn.«

»Meinetwegen, Stern oder Schnuppe!« fiel hier Schreckenberger ein,
tat einen Zug aus seiner Feldflasche und sang:

»Aufs Wohlsein meiner Dame,
Eine Windfahn ist ihr Panier,
Fortuna ist ihr Name,
Das Lager ihr Quartier.

Und wendet sie sich weiter,
Ich kümmre mich nicht drum,
Da draußen ohne Reiter,
Da geht die Welt so dumm.

Statt Pulverblitz und Knattern:
Aus jedem wüsten Haus
Gevattern sehn und schnattern
Alle Lust zum Land hinaus.

Fortuna weint vor Ärger,
Es rinnet Perl auf Perl.
›Wo ist der Schreckenberger?
Das war ein andrer Kerl!‹

Sie tut den Arm mir reichen,
Fama bläst das Geleit,

So zu dem Tempel steigen
Wir der Unsterblichkeit.«

Nun schwenkten die andern die Hüte, und: »Vivat das hohe Brautpaar«, schrien sie jubelnd, »hoch lebe unser Tempelherr der Unsterblichkeit!« und der Dudelsack schnurrte wieder einen Tusch dazu.

Da schlugen plötzlich die großen Hunde an, die jede Nacht um ihr Lager die Runde machten, die Gesellen horchten auf, es war auf einmal alles totenstill. Man hörte in der Ferne Äste knacken, wie wenn jemand durchs Dickicht bräche, es kam immer näher, jetzt vernahmen sie deutlich Fußtritte und Stimmen, die Wipfel der Sträucher bewegten sich schon, Schreckenberger nahm schnell seine Muskete und zielte nach der Gegend hin.

Plötzlich aber ließ er Arm und Flinte wieder sinken: »Ih Pamphil, wo kommst denn du hergezigeunert!« rief er ganz verwundert aus. Der Puppenspieler trat aus dem Gebüsch, Seppi und Denkeli hinter ihm, die großen Hunde, denen sie Brocken zuwarf, gaben ihnen frei Geleit. Der Puppenspieler visierte erst die ganze Gesellschaft rings im Kreise scharf mit dem einen Auge, dann, da er lauter bekannte Gesichter bemerkte, nahm er das schwarze Pflaster vom andern. »Hast du wieder Mondfinsternis gemacht, um besser zu mausen?« fragte lachend der Landsknecht. – »Wir sind alle im abnehmenden Mond bei dem wachsenden Frieden«, erwiderte Pamphil, »wir haben den faulen Bauern die Felder mit Blut gedüngt, nun schießt alles in Kraut und Rüben, die Welt wird noch ersticken vor Langerweile. Aber was treibt ihr hier, ihr alten Kriegsgurgeln, man hört euch ja eine halbe Meile weit durch die stille Nacht, ich konnt nicht fehlen.«

Nun raschelte es in allen Winkeln, immer mehr wilde Gestalten richteten sich aus dem Dunkel empor, da war des Begrüßens, Händeschüttelns und Fragens kein Ende. Wie sie aber hörten, daß Pamphil soeben von dem Schlosse kam, das sie unterwegs von fern überm Walde gesehn, trat alles um ihn herum, und da er von zwei Kavalieren droben erzählte und von einem schönen Reisewagen im Hofe, mußt er ihnen alles ausführlich beschreiben; sie zweifelten nicht, daß es die beiden 899 Edelleute mit der Karosse seien, die sie vor einiger Zeit bei Nacht in dem Städtchen gesehen, und die ihnen dann im Walde mitten durchs Kreuzfeuer ihrer Pistolen so schnöde entwischt.

Unterdes saß Denkeli seitwärts auf einem Baumsturz, den Kopf in die Hand gestützt und ohne sich um die andern zu bekümmern, man wußte nicht, ob sie müde oder traurig. Das stach den Gesellen in die Augen, einige wollten sich galant zeigen und scharrten und gollerten wie aufgeblasene Truthähne um sie herum. Der Holkische Jäger, kecker als die andern, schlich sich leis von hinten heran, um das Mädchen zu küssen da wandt sie sich und gab ihm unversehens eine Ohrfeige, daß es laut klatschte. Der Überraschte griff wütend nach seinem Hirschfänger, aber der Puppenspieler, der alles bemerkt, hatte ihn schon von unten an dem einen Bein gefaßt und hob ihn so, zu allgemeinem Gelächter, mit ausgestrecktem Arm hoch über sich in die Luft. »Bleibt meiner Denkeli vom Leib«, rief er mit martialischen Mienen, »oder ich mach meine schönsten Kunststücke an eueren eignen Knochen durch.« – »Laßt sie nur«, sagte Denkeli, »ich werde schon allein mit ihnen fertig, heute kommen sie mir gerade recht.« – Der Jäger, da er wieder auf dem Boden war, sah den Puppenspieler halb verwundert halb trotzig vom Kopf bis zu den Füßen an, wie ein Mops, der unverhofft auf einen Bullenbeißer gestoßen.

Denkeli aber blickte scharf zur Seite zwischen die dunkelen Bäume, dort waren die andern unterdes wieder zusammengetreten und redeten heimlich untereinander in der Spitzbubensprache. Eine entsetzliche Ahnung stieg plötzlich in ihrer Seele auf, denn sie hörte von Zeit zu Zeit des reichen Fräuleins auf dem Schloß und der beiden Kavaliere erwähnen. Ihr Herz klopfte; scheinbar gleichgültig am Feuer kauernd und die Flamme schürend, horchte sie mit wachsender Angst hinüber, da erfuhr und erriet sie nach und nach alles: wie sie noch heute den Berg hinaufschleichen, das schlechtverwahrte Schloß im ersten Schlafe überfallen und die Beraubten auf ewig stillmachen wollten. Auch der Vater trat nun hinzu, und schien mancherlei guten Rat zu erteilen.

Denkeli dachte mit Schrecken an Siglhupfer, den sie oben gesehen. Sonst achtete sie wenig auf die Anschläge der Männer, sie war von Jugend dran gewöhnt; jetzt kam ihr auf einmal alles ganz anders und unleidlich vor. Aber zu verhindern war's nicht mehr, das wußt sie wohl, eher hätte sie den Sturmwind im Fluge wenden können. So suchte sie nach kurzem Bedenken unbemerkt die Pistolen des Vaters hervor, und sie und legte drauf hastig ihren schönsten Putz an, ihre Augen funkelten, und wie sie auf einmal, von den schwarzen Locken umringelt, sich in ihrem Schmuck am Feuer aufrichtete, erschrak alles, so prächtig war sie. Der Vater lobte sie, daß sie etwas auf sich hielt' vor den Leuten. Sie erwiderte rasch: sie wisse schon alles, sie habe sich die Gegend wohl gemerkt und wolle nach dem Schloß vorausgehn, um auszukundschaften, ob der Wald sicher, eh die andern nachkämen. Es fiel dem Vater nicht auf, er kannte sie, wie beherzt sie war. Da stand sie noch einen Augenblick zögernd. »Lebt wohl«, sagte sie dann aus tiefstem Herzensgrund. Der Vater stutzte bei dem ungewöhnlich bewegten Klang der Stimme, und sah ihr in Gedanken nach, aber, ihr Tamburin schwingend, war sie schon im Walde verschwunden.

6. Viel Lärmen um Nichts

Währenddes ruhte schon alles im Schloß, nur Klarinett konnte vor den vielen schlagenden Nachtigallen im Garten nicht einschlafen. Der Mond schien hell durchs ganze Zimmer, manchmal bewegte die Zugluft die alten Tapeten, und wo sie zerrissen, waren auf den kahlen Wänden, dem Stammbuch müßiger Soldaten, überall Gesichter und Figuren ungeschickt mit Kohle gemalt. Seitwärts in einen weiten damastenen Schlafrock gehüllt, saß er auf dem schweren Himmelbett, an dem Himmel und Betten fehlten, und dachte über seine, immer näher heraufrückende Vermählung nach. – Jetzt öffnete er ungeduldig ein Fenster, der frische Waldhauch wehte ihn plötzlich über die Dächer an, da war's, als wollten die rauschenden Wipfel ihn an ein Lied erinnern, das er früher gar oft in solcher nächtlichen Einsamkeit gesungen. Er besann sich lange, dann stimmte er, halb singend halb sprechend, leise vor sich an:

>»Es ist ein Klang gekommen
>Herüber durch die Luft.«

Die Weise wollte ihm durchaus nicht einfallen –

>»Der Wind hat's gebracht und genommen –«

Er ärgerte sich, daß er hier alles verlernt, was ihm sonst lieb gewesen, es wurde ihm so heiß und angst, er schob's auf den ungewohnten Ungarwein und eilte endlich aus dem schwülen Gemach, die stille Treppe hinab, durch ein verborgenes Pförtchen ins Freie. Er ging so eilig durch den Garten, daß er sich alle Augenblick in die weiten Falten des Schlafrockes verwickelte, die Mücken stachen ihn, die Gedanken jagten sich ihm durch die Seele wie die Wolken am Himmel, er wußt sich gar nicht zu retten. Sei kein Narr, sei kein Narr, sagte er hastig zu sich selbst, ein Schloß, drei Weiler, vier Teiche und fette Karpfen und Untertanen und Himmelbett – und was macht die Frau Liebste? – danke für höfliche Nachfrag, sie wiegt – ach und die lieben Kleinen? – sie schrein und die Wiegen rumpeln – und derweil rauscht der Wald draußen und schilt mich, und die Rehe gucken durch den Gartenzaun und lachen mich aus – ja Wald und Rehe, als wenn das alles nur so zum Einheizen und Essen wär! –

So war er in seinem Eifer mit dem langen Schlafrock mitten ins Dickicht zwischen Dornen und Nesseln geraten, und als er sich umsah, erblickte er wahrhaftig die wunderbare Fei in einem Fensterbogen über sich. Er starrte betroffen hin, denn dieser Teil des Schlosses war völlig wüst und unbewohnt, auch kam die Gestalt ihm jetzt schlanker und ganz anders vor als Euphrosine, sie bog sich weit herüber, als säh sie nach jemand aus, ihn schauerte – Da schien sie ihn zu bemerken und verschwand schnell wieder am Fenster.

Jetzt aber hörte er zu seinem Erstaunen eine wunderschöne Stimme singen, bald näher bald ferner, wie in goldnen Kreisen um das ganze stille Haus. Er stutzte und hielt den Atem an, das Herz wurde ihm so leicht und fröhlich bei dem Klange, die Luft kam vom Schloß, er meinte die Weise zu kennen aus alter Zeit. Da schlug er sich plötzlich vor die Stirn, jetzt wußt er auf einmal das Lied, auf das er sich niemals besinnen konnte, und sang jauchzend aus frischer Brust:

> »Es ist ein Klang gekommen
> Herüber durch die Luft,
> Der Wind hat's gebracht und genommen,
> Ich weiß nicht, wer mich ruft.
> Es schallt der Grund von Hufen,
> In der Ferne fiel ein Schuß –
> Das sind die Jäger, die rufen,
> Daß ich hinunter muß!«

Und auf einmal ganz nahe unter dem Garten antwortete die Stimme:

»Das sind nicht die Jäger – im Grunde
Gehn Stimmen hin und her,
Hüt dich zu dieser Stunde!
Mein Herz ist mir so schwer,
Wer dich liebhat, macht die Runde,
Steig nieder und frag nicht wer?
Ich führ dich aus diesem Grunde –
Dann siehst du mich nimmermehr.«

Aber Klarinett hatte schon den Schlafrock abgeworfen, er fühlt' sich auf
einmal so leicht in dem alten Wanderkleid und schaute in das stille
Meer der Nacht, als hört' er die Glocken gehn von den versunkenen
Städten darunter, und aus dem Waldgrund tönte der Gesang immerfort
dazwischen:

»Ich weiß einen großen Garten,
Wo die wilden Blumen stehn,
Die Engel frühmorgens sein' warten,
Wenn alles noch still auf den Höhn,
Manch zackiges Schloß steht darinne,
Die Rehe grasen ums Haus,
Da sieht man weit von der Zinne,
Weit, über die Länder hinaus –«

Klarinett erkannte die Stimme recht gut, und ganz verwirrt, zwischen
den wankenden Schatten der Bäume stieg er durch den Garten in die
mondbeglänzte Einsamkeit hinab, immer tiefer, tiefer, das Schloß war
hinter ihm schon versunken.

Nun wurde oben alles wieder totenstill, nur der Wetterhahn auf dem
Turm drehte sich unruhig im Winde hin und her, als traute er der
falschen Nacht nicht und wollte die Schlafenden warnen. Da raschelt
plötzlich etwas in der Ferne, lockeres Steingeröll, wie hinter Fußtritten,
rollt schallend in den Abgrund, drauf wieder die alte unermeßliche
Stille. Allmählich aber schien das heimliche Geknister ringsum sich zu
nähern, manchmal fuhr ein verstörter Waldvogel aus dem Gebüsch,
sich erschrocken in wildem Zickzack in die Nachtluft stürzend, da und
dort blinkte es wie Stahl auf und funkelten wilde Augen durchs Gesträuch. Jetzt trat eine fremde Gestalt vorsichtig aus den Hecken hervor,

903

ein zweiter und mehrere folgten von allen Seiten, die ganze Bande mit Blendlaternen, Brecheisen, Stricken und Leitern schritt sacht und lautlos dem Schlosse zu. – »Nur immer mir nach hier die Marmorstufen hinauf«, flüsterte der Puppenspieler zurück. Sie arbeiteten nun, daß ihnen die Schweißtropfen aus dem struppigen Haar rannen, an der verschlossenen Tür, um sie unbemerkt zu öffnen. Andere hoben ungeduldig indes die Scheiben aus den Fenstern und legten die Leitern an, eifrig hinansteigend. Indem aber tut auch die Tür sich schon mit Krachen auf, und das ganze Gesindel durch Fenster und Tür stürzt auf einmal mitten in den Gartensaal. – »Das Fräulein!« schreit plötzlich der Puppenspieler: Euphrosine, von ihrem Diener begleitet, erschrocken, mit fliegendem Haar im Widerschein eines Windlichts tritt ihnen rasch entgegen. – »Was Teufel, die tolle Sinka«, ruft da der Holkische Jäger, und alle stehn wie verzaubert.

Pamphil war der erste, der sich von seinem Erstaunen wieder erholte. »Was ist das, wie kommt ihr hierher?« fragte er den Diener, »ich traf dich doch erst vor kurzem in Halle, es war gerade Geburtstag, glaub ich, und Maskerade in des Grafen Gerold Haus an der Stadtmauer; da sagtest du, du hättest einen Schatz drin.« – »Und den hab ich auch in der folgenden Nacht gehoben aus der Jungfernkammer auf mein Roß«, entgegnete der Diener, »denn Sinka war Kammerjungfer im Haus und ich entführte sie die Nacht nach dem Feste.« – Wie die andern so viel von Schätzen hörten, schrien alle durcheinander: da stecke was dahinter, sie wüßten's wohl, Sinka hätte hier auf dem Schloß wie eine Prinzessin gelebt und aus dem gräflichen Hause mehr als ihren Abschied genommen, auch sei sie ihnen noch ihre Regimentskasse schuldig, sie sollte ihnen zur Goldtruhe vorleuchten, oder sie würden ihr das Schloß überm Kopfe anzünden.

Sinka blickte ratlos umher, wie nach einem guten Einfall, denn sie gedachte des in Halle gestohlenen Schmuckkästchens droben unter ihrem Bett, und verwünschte im Herzen die beiden Kavaliers und ihr Heiratsprojekt, das sie so lange hier im Schlosse aufgehalten. Doch die Gesellen ließen keine Bedenkzeit, überwacht und in der übelsten Laune stürmten die einen schon die innere Saaltür, die andern wollten das Schlafzimmer der beiden Edelleute aufsuchen, wieder andre verrannten diesen wie jenen den Weg, um die ersten zu sein beim Fange, und jeder zankte auf den Puppenspieler, daß er sie mit seinem falschen Schloßfräulein vexiert. So gerieten endlich alle, lärmend, stoßend und über die Marmorstufen sich wieder hinabdrängend, auf dem Gartenplatz vor dem Schlosse wütend aneinander. Vergebens warf sich Sinka dazwischen und schimpfte sie wilde Gänse, die ihr ins Netz fielen und alle Maschen zerrissen, da sie eben einen jungen Goldfasan fangen wollte, morgen sei die Hochzeit mit dem Rittmeister, sie wolle ehrlich mit ihnen teilen. Keiner hörte mehr, alles stach, hieb und raufte in der stockfinstern Nacht, daß die Fetzen flogen und die Funken von den Klingen sprühten.

Da schrie plötzlich Sinka durchdringend auf, mit Entsetzen bemerken sie auf einmal mitten unter sich ein fremdes Gesicht, jetzt wieder eins, bald da bald dort beim Streiflicht des Mondes immer mehr unbekannte Gestalten, die schweigend mitkämpfen, die eine von furchtbarem Aussehn ingrimmig durch den dicksten Haufen mähend, als föchte der Teufel mit ihnen. Da faßt alle ein unwiderstehliches Grauen, und Sinka voran, stiebt plötzlich der ganze verbissene Knäul, wie ein Nachtspuk, in die Waldschluchten auseinander.

Nur der grimme Fechter, mit zerhauenem Hute blutend auf ein Knie gesunken, verteidigte sich noch immer gegen die geisterhafte Runde der Unbekannten, die nun allein auf dem Platz zurückgeblieben. Der eine leuchtete ihm mit seiner Fackel unter die herabhängende Hutkrempe – »Ei, Herr Suppius, was machen Sie denn hier!« rief er erschrocken zurückprallend.

Suppius – der bei dem ersten Lärm sich sogleich aus seinem Schlafgemach in das Getümmel gestürzt hatte – blickte im Kreise herum und erkannte nun mit großem Erstaunen einige reichgekleidete Jäger des Grafen Gerold aus Halle, die er damals öfters gesehn, wenn er unter den Fenstern seiner eingebildeten Geliebten vorbeistrich. Sie halfen ihm sogleich wieder auf die Beine, und da sie seine umherschweifenden fragenden Blicke bemerkten, erzählten sie ihm in aller Geschwindigkeit wie ihrem Herrn vor kurzem, da er mit seiner Tochter im nächsten Städtchen übernachtet, eine Karosse nebst Effekten, die er auf der Reise vorausgeschickt, verwegen weggeschnappt worden, da seien sie endlich der Diebsbande auf die Spur gekommen und ihr immer dicht auf den Fersen bis hier zu des Grafen wüstem Jagdschloß gefolgt.

»Des Grafen Schloß?« fragte Suppius ganz verwirrt. Aber er hatte nicht Zeit, sich lange zu verwundern. »Wo ist der Samson, der die Philister geschlagen?« rief ein stattlicher Herr im Garten. Es war Graf Gerold selbst, der, sich rasch vom Pferde schwingend, herzutrat und den abenteuerlichen Studenten mit heimlichem Lächeln betrachtete. Hinter

905

ihm hielt seine Tochter, im ersten Morgenlicht mit den wallenden Federn vom Zelter nickend. – Das ist sie wirklich und leibhaftig! – dachte Suppius überrascht.

Nun war unter den Schalken ringsum viel Rühmens von dem wütenden Studenten, der wie ein Sturmwind das Gesindel auseinandergeblasen. Indem hatten die Jäger im Schloßhofe auch die verschwundene Karosse entdeckt, andre brachten soeben den verlorenen Reisekoffer mit den Staatskleidern und das gestohlene Schmuckkästchen herbei. Der lustige Graf, ohne lange zu kramen, zog sogleich eine schwere, goldne Kette hervor, aus lauter St.-Jürgen und Lindwürmern künstlich zusammengefügt, und reichte sie seiner Tochter, die mußte sie feierlich dem tapfern Retter des Schlosses um den Hals hängen. Dann gab er seinen Leuten einen Wink. Da setzten sie rasch die Trompeten an und bliesen dem Suppius zu Ehren einen schmetternden Tusch, während die andern, eh er sich's versah, ihn auf ihre Schultern schwangen und so im Triumph ins Schloß zum Frühstück trugen.

Unterdes war der Tag schon angebrochen, Suppius konnte von seinem luftigen Sitz weit über die Hecken weg ins Tal schauen. Da sah er, zu neuem Erstaunen, unter seinen Gefährten Klarinett zu Roß, seine Denkeli vor sich im Sattel, wie einen Morgenblitz am Saum des Waldes dahinfliegen. Siglhupfer (denn niemand anders war Klarinett) hatte sich nicht getäuscht: Denkeli, entschlossen mit Gefahr ihres eigenen Lebens ihn zu warnen und zu retten, war die singende Fei im Fenster gewesen – nun verstand er erst die Sage; so weit man vom Turm des Schlosses sehen konnte, es war ja alles, alles wieder sein!

Oben aber schmetterten jetzt von frischem die Trompeten, Vivat und Jubelgeschrei, und hinter sich sah Suppius die Hüte schwenken und Weinflaschen blinken und die schönen Augen der jungen Gräfin dazwischen funkeln. – So hatte er, wie man die Hand umdreht, sein Glück gemacht – Siglhupfer aber blieb fortan in den Wäldern selig verschollen.

906 –

Auch ich war in Arkadien

Da säß ich denn glücklich wieder hinter meinem Pulte, um dir meinen Reisebericht abzustatten. Es ist mir aber auf dieser Reise so viel Wunderliches begegnet, daß ich in der Tat nicht recht weiß, wo ich anfangen soll. Am besten, ich hebe, wie die Rosine aus dem Kuchen, ohne weiteres sogleich das Hauptabenteuer für dich aus.

Du weißt, ich lebte seit langer Zeit fast wie ein Einsiedler und habe von der Welt und ihrer Julirevolution leider wenig Notiz genommen. Als ich meinen letzten Ausflug machte, war eben die Deutschheit aufgekommen und stand in ihrer dicksten Blüte. Ich kehrte daher auch diesmal nach Möglichkeit das Deutsche heraus, ja ich hatte mein gescheiteltes Haar, wie Albrecht Dürer, schlicht herabwachsen lassen und mir bei meinem Schneider, nicht ohne gründliche historische Vorstudien, einen gewissen germanischen Reiseschnitt besonders bestellt. Aber da kam ich gut an! Schon auf dem Postwagen dieser fliegenden Universität – in den nächsten Kaffeehäusern, Konditoreien und Tabagieen konnte ich mit ebensoviel Erstaunen als Beschämung gewahr werden, wie weit ich in der Kultur zurück war.

Die Deutschen, fand ich, waren unterdes französisch, die Franzosen deutsch, beide aber wiederum ein wenig polnisch geworden; jeder wenigstens verlangt das liberum veto für sich und möchte in Europa einen großen polnischen Reichstag stiften. Ich gestehe, daß mir weder das Polnische noch das Französische so gar geläufig ist, und ich stand daher ziemlich verblüfft da in meinem altdeutschen Rocke. Doch zur Sache:

Eines Tages kehrte ich in dem, dir wohl noch bekannten, großen Gasthofe »Zum goldenen Zeitgeist« ein. Das war, wie du dich erinnern wirst, zu unserer Zeit die ästhetische Börse der Schöngeister, wo wir bei einem Schoppen sauren Landweines gemütlich die Valuta und den täglichen Kurs der Poeten notierten. Da ging es damals ziemlich still her, denn wir hatten alle mehr Witz als Geld. Höchstens einige Gitarrenklänge, ein paar Toasts, oder ein leidlicher Lärm, wenn wir um Schlegels »Lucinde« zankten, oder einen zufällig verlaufenen Kotzebuaner herausschmissen. Ich frug sogleich eifrig nach den alten Gesellen. Aber sie waren wie verschollen, man wollte sich nicht einmal ihrer Namen mehr zu entsinnen wissen. Einen nur wies mir der Kellner mit ironischem Lächeln nach: vom »Goldenen Zeitgeiste« links ab, die erste

Quergasse rechts, dann ins nächste Sackgäßchen wieder halb links ab bis ans Ende – ich glaube, der ironische Kellner wollte mich zur Welt hinausweisen. Nun ist es allerdings richtig: einige hat seitdem der Pegasus abgeworfen, andere haben ihn selbst abgeschafft, weil er Futter braucht und keines gibt. Genug, auch hier war alles verwandelt.

Dagegen verspürte ich jetzt im Hause eine wunderliche Unruhe; ein scharfer Zugwind pfiff durch alle Gänge, die Türen klappten heftig auf und zu, fremde Leute mit sehr erhitzten Gesichtern rannten hin und her, besprachen sich heimlich miteinander und rannten wieder, kurz: ein Rumoren, Gehen und Kommen treppauf treppab, als wollte der ganze Zeitgeist plötzlich mit der Schnellpost aufbrechen.

Noch mehr aber stieg meine Verwunderung, als ich des Abends mich zu der Fremdentafel begab. Schon beim Eintritt in den langen gewölbten Eßsaal fiel mir eine Reihe hoher Betpulte auf, die an den Wänden aufgestellt waren. Vor den Pulten knieten viele elegant gekleidete Herren jedes Alters und beteten mit großer Devotion aus aufgeschlagenen Folianten, in denen sie von Zeit zu Zeit geräuschvoll blätterten. Andere schritten eifrig im Saale auf und nieder, schienen das eben Gelesene mit vieler Anstrengung zu memorieren. Ich hielt jene Folianten für Evangelienbücher oder Missalien, mußte aber, da ich an den Pulten einmal näher vorüberzustreifen wagte, zu meinem Erstaunen bemerken, daß es kolossale Zeitungen waren, englische und französische.

Als mich endlich einige dieser Devoten gewahr wurden, kamen sie schnell auf mich zu und begrüßten mich mit einer sonderbaren kurzen Verneigung nach der linken Seite hin, wobei sie mich schroff ansahen und irgendeine Erwiderung zu erwarten schienen. Diese linkische Begrüßung wiederholte sich, sooft ein Neuer ankam, worauf, wie ich bemerkte, jeder Eintretende sogleich ernst und stolz mit einem kurzen: »Preßfreiheit, Garantie« oder »Konstitution« antwortete. – Ich muß gestehen, mir war dabei ein wenig bang zumute, denn, je mehr der Saal sich allmählich füllte, je mehr wuchs ein seltsames, geheimnisvolles Knurren und Murmeln unter ihnen, allerlei Zeichen und Gewirre. Ja der Kellner selbst, als er mir den Speiszettel reichte, kniff mich dabei so eigen in die Finger, daß ich in der Angst unwillkürlich mit einem Freimaurerhändedruck replizierte; aber weit gefehlt! der Kerl wandte schon wieder mit seinem fatalen ironischen Lächeln mir verächtlich den Rücken.

Bei Tische selbst aber präsidierte ein großer, breiter, starker Mann mit dickem Backenbart und Adlernase, den sie den Professor nannten.

Nachdem er gleich beim ersten Niedersitzen einen Sessel eingebrochen und mit dem Ellenbogen einige Gläser umgeworfen hatte, streifte er sich beide Ärmel auf, und begann mit einem gewissen martialischen Anstande den Braten zu zerlegen. Nichtsdestoweniger harangierte er zu gleicher Zeit die Gesellschaft in einer abstrakten Rede über Freiheit, Toleranz, und wie das alles endlich zur Wahrheit werden müsse. Dabei langte er über den halben Tisch weg bald nach dem Salzfaß, bald nach der Pfefferbüchse, und schnitt und trank und sprach und kaute mit solchem Nachdruck, daß er ganz rotblau im Gesichte wurde. Aller Augen hingen an seinem glänzenden Munde, nicht ohne schmachtende Seitenblicke auf den Braten, denn er aß beim Vorschneiden in der Tat nicht nur das Beste, sondern fast alles allein auf. Einige benutzten die Momente, wo er den Mund zu voll genommen hatte, um selbst zu Worte zu kommen; sie gaben von dem vorhin Memorierten, wie ich leicht bemerken konnte, da ich selbst vor dem Essen auf meiner Stube im »Moniteur« geblättert hatte. Nur ein einziger, ein neidgelber schlanker Mensch, der bei dem Vorschneiden des Professors so seine eigenen Gedanken zu haben schien, unternahm es, dem letzteren mit scheuer, dünner Stimme zu widersprechen. Die Toleranz, wagte er zu meinen, könne nur dann eine Wahrheit werden, wenn beim Essen wie im Staat, jeder Gast und jedes Volk seinen Braten und seine Freiheit appret für sich habe usw. Der Unglückselige! Erschrocken sahen die andern den Professor an, wie er es aufnähme. Dieser aber geruhete, zwischen den Weinflaschen hindurch einen zornigen, zerschmetternden Blick auf den Sprecher zu schleudern. Da sprang sogleich die ganze Gesellschaft von den Stühlen auf, nahm den Dünnen ohne weiteres in ihre Mitte, und, eh ich mich besinnen konnte, war er zum Saale hinaus, ich sah nur seine Rockschöße noch um den Türpfosten fliegen. – Darauf ergriff jeder sein volles Glas, drängte sich um den Professor und trank ihm, mit einer tiefen Verbeugung, auf die untertänigste Gesundheit der Freiheit zu.

Jetzt wurde, mit nicht geringem Lärm, noch eine Menge anderer Toasts ausgebracht, die ich dir nicht zu nennen vermag; es schienen sämtliche Begriffe aus des Professors »Kompendium des Naturrechts« zu sein. Ich weiß nur, daß nach und nach die Zungen, dann die Köpfe schwer und immer schwerer wurden, bis zuletzt alle, wie nasse Kleidungsstücke, rings über den Stühlen umherhingen. Die Kerzen flackerten verlöschend durch den weiten, stillen Saal und warfen ungewisse Scheine über die bleichen, totenähnlichen Gesichter der Schlafenden.

724

Mir ward ganz unheimlich; ich sah unwillkürlich in meinen Taschenkalender und gewahrte mit Schauern, daß heute Walpurgis war. –

Nur der Professor allein hatte sich aufrecht erhalten, der konnte was vertragen. Er schritt mächtig im Saale auf und nieder, seine Augen rollten, sein Kopf dampfte sichtbar aus den emporgesträubten Haaren. Auf einmal blieb er dicht vor mir stehen, und maß mich mit den Blicken vom Scheitel bis zur Zehe. »Sie gefallen mir«, sagte er endlich, »solche Leute können wir brauchen. Sehn Sie hier in die Runde: die matten Wichte da sind von dem bißchen Patriotismus schon umgefallen.« – Ich wußte nicht, was ich entgegnen sollte. – Er aber schritt noch einmal den Saal entlang, dann sagte er plötzlich: »Kurz und gut, solche Stunde kehrt so leicht nicht wieder. Wollen Sie mit mir auf den Blocksberg?« – Ich sah ihn groß an, da er aber noch immer fragend vor mir stand, wandte ich im höchsten Erstaunen meine Aufklärung ein, schon Nicolai und Biester hätten ja längst bewiesen – »Ach dummes Zeug!« erwiderte er, »das ist ja eben die Aufklärung!«

Hier wurden wir durch ein schallendes Gewieher von draußen unterbrochen. Ich trat an das Fenster und bemerkte – obgleich wir uns im zweiten Stockwerk befanden – dicht vor den Scheiben ein gewaltiges, störriges und sträubiges Roß, das mit flatternder Mähne in der Luft zu schweben schien. Der Kellner, in einen roten Carbonarimantel gehüllt, hielt das Pferd mit großer Anstrengung an einer langen Leine fest. Ich hätte es ohne Bedenken für den Pegasus gehalten, wenn es nicht Schlangenfüße und ungeheure Fledermausflügel gehabt hätte. – »Jetzt nur nicht lange gefackelt, es ist die höchste Zeit!« rief der Professor, schlug mit einem Ruck die Scheiben ein, schob mich durchs Fenster auf das Roß, schwang sich hinter mich, und, wie aus einer Bombe geschossen, flogen wir plötzlich zwischen den Giebeln und Schornsteinen in die stille Nacht hinaus.

Mir vergingen Atem und Gedanken bei diesem unverhofften Ritt; ich war es ganz ungewohnt, mich so ohne weiteres über alles Bestehende hinwegzusetzen und zwischen Himmel und Erde in leerem Nichts zu schweben. Mein Begleiter dagegen, wie ich wohl bemerken konnte, schien sich hier erst recht zu Hause zu befinden. Zwischen Schlaf und Wachen die Marseillaise summend, schmauchte er behaglich einen Zigarren, und bollerte nur von Zeit zu Zeit ungeduldig mit seinen Stiefeln an die Rippen unserer geflügelten Bestie. Da hatte ich denn Muße genug, mich nach allen Seiten hin umzusehen. Tief unter uns lag es wie eine

725

Länder-charte: Städte, Dörfer, Hügel und Wälder flogen wechselnd im Mondschein vorüber. Nur an manchen einzelnen Flecken schien die Nacht wunderlich zu gären. Ungeheuere Staubwirbel schlangen sich durcheinander, und sooft der Wind den Qualm auf Augenblicke teilte, er schien es darunter wie kochende Schlammvulkane.

Vor uns aber im Grau der Nacht stand, allmählich wechselnd, eine große, dunkele Wolke; ich erkannte bald, daß es der Blocksberg war, auf den wir zuflogen. Je näher wir kamen, je mehr füllte die Luft sich ringsumher mit seltsamem Sausen, fernem Rufen und dem Geheul vaterländischer Gesänge. Zahllose Gestalten huschten überall durch den Wind, an denen wir aber, da sie schlechter beritten waren, pfeifend vorüberrauschten. Mit Verwunderung bemerkte ich unter ihnen bekannte Redakteurs liberaler Zeitschriften, sie ritten auf großen Schreibfedern, welche manchmal schnaubend spritzelten, um den guten Städten unten, die rein und friedlich im Mondglanze lagen, tüchtige Dintenkleckse anzuhängen.

Bald konnten wir nun auch die einzelnen Konturen und Felsengruppen des Berges selbst deutlich unterscheiden. »Sehen Sie nur, wie es da wimmelt!« rief mir mein Professor zu, indem er endlich den Schlaf aus den Augen wischte und sich auf dem Rücken des Tieres vergnügt zurechtrückte. Und in der Tat, aus allen Steinritzen und Felsenspalten unten sah ich unabsehbare Scharen aufducken, klettern und steigen, oft plötzlich über das lockere Gerölle hinabschurrend und immer wieder unverdrossen emporklimmend. Mein Gott, wo kommt alle der Plunder 726 her! dachte ich bei mir. Da hörte ich auf einmal Gesang erschallen. Es war eine Prozession weißgekleideter liberaler Mädchen, die sich abquälten, einen gestickten Banner zu dem Feste hinaufzutragen. Der Wind zerarbeitete gar wacker die große Fahne, in deren flatternde Zipfel, sooft sie die Erde streiften, sich Eidechsen und dicke Kröten anhingen. Noch schlimmer schien es weiter unten mehreren anständig gekleideten Männern zu ergehen, die sich vergeblich dem anderen lustigen Gesindel nachzukommen bemühten. Der Professor rieb sich lustig die Hände. »Es geschieht ihnen schon recht«, sagte er, »das sind die Doktrinärs, halb des Himmels und halb des Teufels, sie wollen es mit keinem verderben.« – Ich konnte nun deutlich vernehmen, wie diese Unglücklichen jede, an ihnen vorüberhuschende Gestalt mit weitläufigen Demonstrationen beredt haranguierten. Aber, ehe sie sich's versahen, kehrte ein fliegender Besen sich schnell in der Luft um und schlug ihnen die Hüte vom Kopf, oder ein Bock, den sie eben überzeugt zu haben glaubten, stieß sie plötzlich von der mühsam erklommenen Höhe kopfüber wieder hinab. Noch lange hörte ich sie aus ferner Tiefe kläglich rufen: »Nehmt uns mit, nehmt uns doch mit!« worauf jedesmal ein schadenfrohes Gelächter aus allen Schluften erschallte.

Lärm, Gewirre, Drängen, Fluchen und Stoßen nahmen jetzt mit jeder Minute betäubend zu. Von Zeit zu Zeit aber schoß zwischen dem Gestrüpp und Geklüfte eine ungeheure goldflammende Schlange, wie glühende Lava das unermeßliche Getümmel plötzlich beleuchtend, den ganzen Berg hinunter, und ein allgemeines »Hurra« begrüßte sie vom Gipfel bis in die tiefsten Gründe hinab. Ich glaubte, das gölte unserer Ankunft, und dankte, mit gebührender Höflichkeit mein Haupt entblößend. – »Aber sind Sie toll?« fuhr mich der Professor zornig an, indem er mir den Hut bis über die Augen wieder aufstülpte »solche servile Gewohnheiten deutschen Knechtsinns!«

Hier stießen wir, etwa in der Mitte des Berges, plötzlich ans Land. Unser Roß wälzte sich sogleich zur Seite und nahm, nach dem ermüdenden Fluge, ein Schlammbad. Wir aber drangen weiter vor. »Halten Sie sich nur an meinen Rockschoß«, rief mir der Professor zu, und machte ohne Umstände mit beiden Ellenbogen Platz. Da konnte ich bemerken, in welchem Ansehen der starke Mann hier stand. Von allen Seiten wichen die Wimmelnden, so gut es gehen wollte, ehrerbietig aus, obgleich es mir vorkam, als zwickten sie, sooft er sich wandte, mich hinterrücks heimlich in die Waden.

Unter solchen Gewaltstreichen erreichten wir endlich eine Restauration, die, ziemlich geschmacklos, sich unter einem dreifarbigen Zelte befand, auf welchem ein fuchsroter alter Hahn saß und unaufhörlich krähte. *Sieben Pfeifer* saßen zur Seiten auf einem Stein und bliesen das Ça ira von Anfang bis zu Ende und wieder und immer wieder von vorn, so langweilig, als bliesen sie schon auf dem letzten Loche. Auf der *Tribüne* der Restauration aber stand der *Wirt* und schrie mitten durch das Geblase mit durchdringender Stimme seine Wunderbüchsen und Likörflaschen aus: Konstitutionswasser, doppelt Freiheit! usw. Unten schossen Kinder Burzelbäume und warfen jauchzend ihre roten Mützchen in die Luft, das Volk war wie besessen, sie würgten einander ordentlich, jeder wollte sein Geld zuerst los sein.

Hatt' ich nun aber den Professor schon im »Goldenen Zeitgeist« bewundert, so mußte ich ihn jetzt fast vergöttern. Stürzte er doch fünf, sechs Flaschen abgezogener Garantie hinunter, ohne sich zu schütteln, und fand zuletzt alle das Zeug noch nicht scharf genug! Auch ich mußte davon kosten, konnte es aber nicht herunterbringen, so widerlich fuselte der Schnaps. »Alles Pariser Fabrikat!« rief mir der Professor zu. – »Muß auf dem Transport ein wenig gelitten haben«, erwiderte ich bescheiden. – »Kleinigkeit!« mengte sich der Wirt herein, »man tut etwas gestoßenen Pfeffer daran, die Leute mögen's nicht, wenn es sie nicht in die Zunge beißt.«

Währenddes war der Professor schon mit beiden Füßen in ein Paar dicke Schmierstiefeln gefahren; ich mußte eiligst desgleichen tun. »Wir müssen nun immer weiter hinauf«, sagte er, »wer mit der Zeit fortgehen will, der muß sich vorsehn, da geht's durch dick und dünn.« In der Tat begann nun auch von allen Seiten ein allgemeiner Aufbruch, als wenn man kochenden Brei im Kessel umrührte. Bald darauf aber schien der ganze Zug an der Spitze auf einmal wieder in Stocken zu geraten. Es entstand vorn ein Drängeln und Wogen, dann ein heftiges Gezänk, das sich nach und nach, wie ein Lauffeuer, nach allen Richtungen hin verbreitete; man konnte zuletzt durch den Lärm nur noch einzelne grobe Stimmen deutlicher unterscheiden, die beinah wie Rebellion klangen. – »Was gibt's denn?« schrie der Professor voller Ungeduld. Da kamen 728 mehrere junge Doktoren plötzlich herangestürzt, schreckensbleich und mit allen Zeichen der Verzweiflung, der eine hatte seinen Hut, der andere seinen Rockschoß in dem Getümmel verloren. »Alles aus!« riefen sie atemlos, »sie wollen hier bei der Schnapsbude bleiben, es geht ein Schrei durchs ganze Volk nach Braten und Likör, sie mögen nichts von Freiheit und Prinzipien mehr wissen, sie wollen durchaus nicht weiter fortschreiten!« – »So fraternisiert doch mit dem Lumpengesindel«, riet der Professor. – »Zu spät!« entgegneten jene, »sie sind alle schon betrunken. O unsere Reputation! Was wird die öffentliche Meinung sagen? wir kommen um ein Dezennium zurück!« – »Nun so soll sie doch!« donnerte der Professor mit seiner Stentorstimme ganz wütend in das dickste Getümmel hinein, »wollt ihr wohl frei und patriotisch und gebildet sein in des Teufels Namen!« Hiermit stemmte er mit hinreißender Gewalt seinen breiten Rücken gegen die rebellische Masse, die entlaufenen Doktoren und andere Honoratioren folgten mutig seinem Beispiel, die liberalen Mädchen mit ihrer Fahne wallten singend voran, die sieben Pfeifer spielten auf und so rückte über lüderliche Handwerker und betrunkene alte Weiber hinweg, die noch auf dem Boden keiften, die ganze Konfusion unter dem ungeheuersten Lärm und Gezänke langsam der Höhe zu.

Mir klopfte das Herz, als wir uns endlich der Stelle näherten, wo der berühmte Hexenaltar steht; ich blickte nach allen Seiten, ob nicht bald eine Teufelsklaue aus den Nebeln langte, die, wie Drachenleiber, vor uns den Boden streiften. Auf einmal tat es einen kurzen matten Blitz, als wenn es dem Himmel von der Pfanne gebrannt wäre. Was auch der Professor sagen mag, ich laß es mir nicht ausstreiten, ich sah damals einen Kerl mit Kolophonium und Laterne schnell hinter den einen Felsen huschen. Eh ich indes noch darüber reiflich nachdenken konnte, erfolgte ein zweiter, ordentlicher Blitz, das Nachtgewölk teilte sich knarrend – und auf dem Hexensteine vor uns, in bläulicher bengalischer Beleuchtung, stand plötzlich ein ziemlich leichtfertig angezogenes Frauenzimmer zierlich auf einem Beine, beide Arme über sich emporgeschwungen, zu ihren beiden Seiten zwei elegant gekleidete junge Männer in Schuh und Strümpfen und Klapphüte unter den Armen, mit den beiden anderen Armen über dem Haupte der Dame in malerischer Stellung einen luftigen Schwibbogen bildend.

In demselben Augenblick lag auch die ganze Schar der Wallfahrer mit den Angesichtern auf den Boden gestreckt, in tiefster Anbetung versunken. Ich erschrak, als ich fragend um mich her schaute und mich auf einmal als den einzigen Aufrechtstehenden befand in der kuriosen Gemeine. – »Die öffentliche Meinung!« rief da leise eine Stimme hinter mir, und zugleich fühlte ich ein Paar Fäuste so derb in beiden Kniekehlen, daß ich gleichfalls auf meine Kniee hinstürzte.

Als ich einigermaßen wieder zur Besinnung gekommen war, stand mein Professor schon vor dem Altar und hielt eine gutgesetzte Rede an die öffentliche Meinung. Er sprach und log wie gedruckt: von ihren außerordentlichen Eigenschaften, dann von den Volkstugenden, von der Preßfreiheit und dem allgemeinen Schrei darnach. Ich aber wußte wohl, was sie geschrieen hatten und wer eigentlich gepreßt worden war.

Die Rede dauerte erstaunlich lange. Die arme öffentliche Meinung konnt' es kaum mehr aushalten, sie stellte sich bald auf dieses bald auf jenes Bein, das andere vor sich in die Luft streckend, wie eine Gans, die Langeweile hat. Da hatte ich denn Zeit genug, sie mir recht genau zu betrachten. Sie trug ein prächtiges Ballkleid von Schillertaft, der bei der bengalischen Beleuchtung wechselnd in allen Farben spielte, ihre Finger funkelten von Ringen, von der Stirn blitzte ein ungeheueres Regardez-moi, aber alles, wie mir schien, von böhmischen Steinen. Übrigens war sie etwas kurzer, derber Konstitution, daher stand sie auf dem Kothurn, während dicke Sträuße hoher Pfauenfedern von ihrer turmähnlichen Frisur herabnickten. Ein leises Bärtchen auf der Oberlippe stand ihr gar nicht übel; dabei aber hatte sie ein gewisses Air enragé, ich weiß nicht, ob von Schminke, oder von der gezwungenen Stellung, oder ob sie gleichfalls gegen die Nachtluft einen Schnaps genommen hatte.

Währenddes war der Professor allmählich in seiner Redewut fast außer sich geraten. »Triumph! Triumph!« schrie er ganz rotblau im Gesicht, »das Volk hat sich selbst geistig emanzipiert. Die Augen Europas – was sag ich Europas! – des Weltbaues, sind in diesem hochwichtigen Augenblick auf uns gerichtet. Ja, wenn man mich hier niederwürfe und knebelte, die Gewalt der Wahrheit würde den Knebel aus dem Munde speien, und gefesselt von dem Boden noch würde himmelwärts ich schreien: ›Es werde Licht, es weiche die Finsternis, nieder mit der Zensur!‹«

Ein ungeheueres Bravogebrüll donnerte den ganzen Berg hinab und wieder herauf. Einige Stimmen riefen: »Da capo!« Der Professor, der sich unterdes ein wenig erholt hatte, schickte sich auch unverdrossen an, von neuem loszulegen, und ich glaube in der Tat, er spräche noch heut, wenn die öffentliche Meinung, die sich seit geraumer Zeit schon zu ennuyieren schien, nicht schnell vom Altar herabgesprungen wäre, sein Haupt mit ihrem Fächer berührend, als wollte sie ihn zum Ritter schlagen.

Darauf rauschte sie in ihrem Taftgewande wohlgefällig durch die Reihen ihrer Getreuen. Da entstand aber bald ein außerordentliches Gedränge um sie her. Jeder wollte wenigstens den Saum ihres Kleides küssen, wobei sie denn manchem mit ihrem Pantöffelchen unversehens einen derben Tritt versetzte, oder wohl auch ihr Schnupftuch fallen ließ und sich dann totlachen wollte, wenn sie sich darum rissen, um es ihr zu apportieren. Viele junge Autoren umschwärmten sie von allen Seiten und suchten sich durch elegante Konversation und politische Witze bei ihr zu insinuieren, während sie jeden Laut aus dem Munde der Angebeteten eifrig in ihre Etuikalender notierten. Mehrere ernstere Männer dagegen schritten nebenher und lasen ihr mit lauter Stimme die schönsten Paragraphen ihrer neuen Kompendien vor. Sie aber ließ ihre spielenden Augen durch die Scharen ergehen, und hatte gar bald einen Studenten erspäht, der, unablässig nach Freiheit schreiend, sich mit

Ziegenhainer und Kanonen in dem Gedränge Bahn machte. Er war auf seinem Stiefelknecht hergeritten, ein junger Bursch von kräftigem Gliederbau, mehr Bart als Gesicht, mehr Stiefel als Mann. Sie winkte ihn heran, hing sich ohne weiteres an seinen Arm und, eh ich's mich versah, war sie mitten durch das Getümmel im Dunkel der verschwiegenen Nacht mit ihm verschwunden.

Ich schaute dem Paar, ganz erstaunt, noch lange nach, wäre aber dabei um ein Haar umgerannt worden. Denn die anderen schienen eben nicht viel aus dem Verschwinden zu machen vielmehr sah ich sie nun, mit einer mir unerklärlichen Geschäftigkeit, plötzlich in großer Eile hin und her laufen, den Professor mitten unter ihnen, voller Eifer anordnend, rufend und treibend. Einige hatten sich an den Zipfel eines vorüberfliegenden Nebelstreifs gehängt und bogen ihn herunter, andere rollten ein leichtes Gewölk wie einen Vorhang auf, während wieder andere sich wunderlich in eine schwere dicke Wolke hineinarbeiteten, die sich auch wirklich nach und nach in Bäume, Felsen und Häuser zu gestalten anfing. Im Hintergrunde aber schien sich ein seltsames Wolkengerüst mit Logen und Galerien langsam aufzubauen, alles Grau in Grau, dazwischen pfiff ein heftiger Zugwind, daß ich meinen Hut mit beiden Händen auf dem Kopfe festhalten mußte, und die Fackeln warfen wilde rote Streiflichter zwischen die Wolkengebilde, überall ein chaotisches Dehnen und Wogen, als sollte die Welt von neuem erschaffen werden. – Vom Professor erfuhr ich endlich im Fluge, daß man in aller Geschwindigkeit eine Bühne einrichte, um vor den Augen der öffentlichen Meinung sich die Zukunft ein wenig einzuexerzieren.

In der Tat, ich bemerkte nun auch bald, wie jene Galerien sich allmählich mit Zuschauern füllten, aber lauter nur halbkenntliche Gestalten, deren Gliedmaßen nebelhaft auseinanderzufließen schienen; ich glaube, es war auch ein zukünftiges Publikum, das in der Eile noch nicht ganz fertig geworden war, aber doch schon sehr laut plauderte. Nur die Hauptloge stand noch leer; sie war prächtig ausgeschmückt, über ihr funkelte eine Sonne in Brillantfeuer, deren Gesicht, zu meinem großen Erstaunen, grauenhaft die Augen rollte und bald schmunzelte, bald gähnte. – Endlich erschien die öffentliche Meinung mit bedeutendem Geräusch in der Loge, das ganze Publikum stand auf und verneigte sich ehrerbietig. In demselben Augenblick wurde ein Böller gelöst und, ohne Ouvertüre, Prolog oder anderen Übergang, ging unten sogleich die Zukunft los.

Zuerst kam ein langer Mann in schlichter bürgerlicher Kleidung plötzlich dahergestürzt, ein Purpurmantel flog von seiner Schulter hinter ihm her, eine Krone saß ihm in der Eile etwas schief auf dem Haupt; dabei die Adlernase, die kleinen blitzenden Augen, die flammendrote Stirn: er war offenbar seines Gewerbes ein Tyrann. Er schritt hastig auf und ab, sich manchmal mit dem Purpurmantel den Schweiß von der Stirn wischend, und studierte in einem dicken Buche über Urrecht und Menschheitswohl, wie ich an den großen goldnen Buchstaben auf dem Rücken des Buches erkennen konnte. Ein Oberpriester im Talar eines ägyptischen Weisen schritt ihm mit einer brennenden Kerze feierlich voran. Ich hätte beinah laut aufgelacht: es war wahrhaftig niemand anders, als mein Professor! Er hatte nicht geringe Not hier, denn, um immer in gehöriger Distanz voranzubleiben, suchte er, halb rückwärts gewendet, Schnelligkeit und Richtung in den Augen des Tyrannen vorauszulesen, der oft anhielt, oft plötzlich wieder rasch vorschritt und dem Professor unverhofft auf die Fersen trat. Auf einmal blieb der Tyrann mit über der Brust verschränkten Armen, wie in tiefes Nachsinnen versunken, stehen. Dann, nach einer gedankenschweren Pause, rief er plötzlich: »Ja, seid umschlungen, Millionen! Es weiche die Finsternis, nieder mit der Zensur!« Da klatschte die öffentliche Meinung von neuem, die anderen folgten, der Tyrann verneigte sich, die Krone vom Kopfe lüftend, und verschwand mit Würde hinter den Wolkenkulissen.

Jetzt blieb der Professor in seinem Priestertalar allein zurück. Er schien die Exposition des Ganzen machen zu wollen und freute sich in einem salbungsreichen Monologe weitläufig über die gute Applikation des Tyrannen, wie er schon seit geraumer Frist sich auf den Patriotismus lege und es sich recht sauer werden lasse, mit der Zeit fortzuschreiten usw. Während er so deklamierte, traten noch andere und immer mehrere Oberpriester von allen Seiten herzu, jeder von ihnen hatte gleichfalls ein brennendes Licht in der Hand. Sie verneigten sich erst verbindlich einer vor dem anderen und drückten dann ihr gerechtes Erstaunen aus, wie sie in Behandlung des Tyrannen und sonst im Fache der Vaterländerei bereits so Großes vollbracht, wobei sie sich wechselseitig auf das vergnüglichste lobten. Das schien aber nicht ernstlich gemeint, denn jeder Lobende wandte sich jedesmal mit einem verächtlichen Achselzucken von dem eben Belobten und suchte ihm heimlich von seinem tropfenden Lichte einige Kleckse auf den weißen Talar beizubringen, bei welcher Gelegenheit ich dann bemerkte, daß ihre Kerzen bloße Talglichter waren und einen üblen Dunst verbreiteten.

Zwei von den Oberpriestern schienen besonders ihr vertrauliches Stündchen zu haben. Sie nahmen eine Prise Tabak zusammen und beklagten sich, daß es so langsam ginge in der Welt. Sie würden endlich auch alt und schäbig, und ihre Kerzen brennten sie bald auf die Finger. Das Volk werde es am Ende noch merken, daß sie den Tyrannen nur darum in solchen Edelmut und Resignation brächten, um dann selber auf seinem Throne Platz zu nehmen und kommode zu regieren, wie es ihnen eben konveniere. Jeder von ihnen habe doch unten, der eine sein Schätzchen, die durchaus Königin, der andere einen lüderlichen Vetter, der Minister werden wolle. – Vergeblich hustete der Professor immer lauter und lauter, vergebens schimpfte er halbleise: »Seid ihr betrunken, daß ihr das alles hier vor dem Volke ausplaudert!« – Endlich erscholl ein Schrei des einen plauderhaften Oberpriesters; der Professor hatte dem Unglücklichen insgeheim auf sein bestes Hühnerauge getreten.

Glücklicherweise indes war das ganze Gespräch nicht bis zu den Ohren der öffentlichen Meinung gekommen. Diese hatte schon lange nicht mehr aufgepaßt, sie schwatzte mit ihren Nachbarn, bog sich weit aus der Loge hervor und musterte das Publikum durch ihr Opernglas. Der Schrei des Getretenen erregte endlich ihre Aufmerksamkeit. Sie meinte, sie hätten da unten wieder einen philosophischen Zank, was sie jederzeit gewaltig langweilte. Sie ergriff daher rasch ihre Papageno-Flöte, die sie beständig am Halse trug, und fing in ihrer Launenhaftigkeit einen Contre-Tanz zu blasen an. Umsonst protestierten die erschrockenen Oberpriester, das liege ja gar nicht im Plane des Stückes, es half alles nichts, sie mußten, ohne alles vernünftige Motiv, nach ihrer Pfeife tanzen. Das war wie ein Fackeltanz betrunkener Derwische, die langen Habite flogen, bläuliche Irrlichter, wie sie sprangen, schlugen foppend zwischen ihnen aus dem Boden auf, sie betropften sich mit den Talglichtern von oben bis unten, daß es eine Schande war, und der Schweiß strömte von ihren Angesichtern, bis sie endlich in verwegenen Luftsprüngen plötzlich nach allen Seiten auseinanderstoben. Mein armer Professor war dabei unversehens in einen Sumpf geraten; ich sprang herbei und half ihm heraus, aber den einen Schmierstiefel mußte er doch drin steckenlassen.

Die hurtige Zukunft inzwischen ging über umgefallene Oberpriester und Schmierstiefeln unaufhaltsam ihren Gang weiter fort. Ein Mittelgewölk wurde schnell aufgerollt und man übersah auf einmal einen weiten

Marktplatz voll der lebhaftesten Geschäftigkeit, von den schönsten Palästen umgeben. Aber die Besitzer der letzteren schienen ausgezogen oder verstorben zu sein; wenigstens erblickte man überall nur Tagelöhner und Fabrikarbeiter, die sich selbst ihre Stiefel putzten, ihre Frauen hingen durchlöcherte Wäsche über die marmornen Fensterbrüstungen zum Trocknen aus, mit den offnen Fenstern klappte der Wind, und von Zeit zu Zeit flogen die Scherben einer zerbrochnen Scheibe den Vorüberwandelnden an die Köpfe. Anderes Volk, als hätte man einen Sack voll Lumpen ausgeschüttet, sonnte sich, behaglich über die Marmortreppen der Paläste hingestreckt. Eine prächtige, mit vier Pferden bespannte 734 Staatskarosse rollte über den Platz; mit Erstaunen sah ich am Wagenfenster den nackten Ellenbogen eines Handwerkers, der aus dem zerrissenen Ärmel sich in der Sonne spiegelte. Hinten auf dem Wagentritt aber standen zwei Kavaliere und blickten im Bewußtsein aufgeklärten Edelmuts stolz von der Höhe herab, zu der ihre starken Seelen sich zu erheben gewußt.

Das Patriarchalische dieses rührenden Völkerglücks wurde nur durch einen betäubenden Lärm auf dem Platze selbst unterbrochen. Da gab's ein Heben, Messen, Hämmern und Klappern. Es waren die Oberpriester und andere Gelehrte, sie bauten eine große Regierungsmaschine nach der neuesten Erfindung des Professors, der sich darauf ein Patent erteilen zu lassen im Sinne führte.

Mitten durch dieses Getümmel aber sah man den Tyrannen in Pantoffeln und Schlafrock, als Landesvater unter seinen Kindern, mit einer langen Pfeife auf und nieder wandeln. Krone und Mantel hatte er unterdes an einem Türpfosten an den Nagel gehängt, mit dem Szepter rührte eine rüstige Schneiderfrau im Kessel den Brei für ihre Gesellen um. Er selbst hatte, des Budgets eingedenk, sogar den Gebrauch eines Hutes verschmäht, um ihn nicht durch vieles Grüßen abzunutzen. Überhaupt schien er es in der Popularität schon ziemlich weit gebracht zu haben, nur faßte er es offenbar noch etwas ungeschickt an. So kostete er zum Beispiel unnützerweise von dem Brei im Kessel und verbrannte sich den Mund, ja alle zehn Schritte rief er wiederholt: »Où peut on être mieux, qu'au sein de sa famille!« was die Kerls, die kein Französisch verstanden, für eine jesuitische Zauberformel hielten.

Dazwischen gähnte er dann zuweilen wie eine Hyäne, als wollte er seine Untertanen verschlingen. Da wurde dem Professor, der es bemerkte, ein wenig angst. Er suchte seine Aufmerksamkeit auf die neue Regie rungsmaschine zu lenken. Aber der Tyrann konnte sich durchaus nicht darein verstehen, die Pfeife ging ihm aus, sein Verstand stand ihm still dabei. Vergeblich sprachen die Oberpriester, erklärend, von Intelligenz, Garantieen, Handels-, Rede-, Gedanken-, Gewerbe-, Preß- und anderer Freiheit. »Ja, wenn ich nur etwas davon hätt«, entgegnete der Tyrann, kaltblütig seine Pfeife ausklopfend. Man sah es ihm an, wie er sich bezwang und abstrapazierte, human zu sein, er sah schon ordentlich angegriffen aus von den Bürgertugenden.

Bis hierher war nun alles ganz vortrefflich gegangen. Aber, wie es wohl im Leben geschieht, es gehört oft nur ein kleiner Stein dazu, um in den weisesten Kopf ein Loch zu schlagen. So begab sich's nun auch hier. Der Tyrann, an nichts als an seine Fortschritte denkend, war eben bescheiden zur Seite getreten, um seine Tabakspfeife von neuem zu stopfen, als er plötzlich mit langen Schritten und allen Symptomen langverhaltener Wut, wie ein leuchtendes Ungewitter, wieder hervorstürzte; seine Stirn glühte aus dem bleichen Gesicht, die Augen funkelten, der Schlafrock rauschte weit im Winde – das Volk hatte ihm seinen Tabaksbeutel gestohlen! Der Professor, als er ihn so daherfliegen sah, erschrak sehr. »Um Gottes willen!« rief er ihm entgegen, »wie wird Ihnen? woher dieser unverhoffte Rückfall? Sie bringen uns das ganze Stück ins Wackeln!« – Die öffentliche Meinung pfiff aus Leibeskräften, das gebildete Publikum pochte in gerechtem Unwillen, die Oberpriester langten in der Angst eine Konstitution nach der anderen aus den Taschen und warfen sie dem Wüterich zwischen die langen Beine, um ihn zum Stolpern zu bringen. Alles vergebens! Er wollte von Bürgertugend, Popularität und Völkerglück nichts mehr hören, und nahm, wie ein Stier, einen entsetzlichen Anlauf, um die ganze Zukunft umzurennen.

Doch die Konfusion sollte noch immer größer werden. Den Faulenzern auf dem Platze, die sich hier eigentlich durch Selbstdenken hatten empanzipieren sollen, war inzwischen auch die Zeit lang geworden. Was haben sie zu tun? Während die anderen an der Regierungsmaschine arbeiten, nehmen sie ganz wider den Plan des Stückes, heimlich Krone und Purpurmantel vom Nagel holen den Szepter dazu und begeben sich damit ohne weiteres nach der Restauration. Unterweges kriegen sie Händel untereinander, zerreißen sich und ihre Beute, und lassen sich für die Stücke in der Restauration Schnaps geben. Der Wirt, ein anschlägischer Kopf, wie er diese unerwartete Wendung der Staatsaktion sieht, besinnt sich nicht lange, zapft und läßt laufen was er hat, leimt und flickt die Stücke schnell wieder zusammen, legt selber Kron' und Mantel an, nimmt das Szepter in die Rechte und führt die freudetrunkene Bande, wie einen Kometenschweif, nach der Bühne zurück.

War nun die Zukunft vorhin schon im Wackeln, so schien sie jetzt ganz und gar in Stücke gehen zu wollen. Derweil die Oberpriester und Schriftgelehrten noch immer beflissen waren, den empörten Tyrannen 736 wieder zu zähmen, ging auf einmal ein Mittelvorhang auf und man erblickte im Hintergrunde den Thron selbst, auf dem soeben der Wirt aus der Restauration sich breit und vergnüglich zurechtsetzte, wie einer, der mit seiner eigenen Pfiffigkeit wohl zufrieden war. Seine ganze Nation drängte sich, taumelte, lag und hing über Stufen und Lehnen des Thrones um ihn her, so daß er gleich zu Anfang von seinem Szepter einen nachdrücklichen Gebrauch machen mußte.

Der Professor und die Seinigen aber standen unten wie angedonnert, sie trauten sich nicht an den unerwarteten Usurpator und feuerten nur aus der Ferne mit wütenden Blicken. Dann traten sie schnell auf die Seite, steckten die Köpfe zusammen, und schienen zu konspirieren. Mit Erstaunen glaubte ich dabei einigemal meinen Namen nennen zu hören, und konnte wohl bemerken, daß sie mich öfters bedeutungsvoll ansahen. Mein Gott, dachte ich, nun kommst du am Ende noch selbst mit in das Stück hinein, und ein heimliches Entsetzen rieselte mir durch alle Glieder. Es dauerte auch nicht lange, so kam der Professor auf mich zugeflogen, riß mir meinen Oberrock vom Leibe und zog mir rasch ein prächtiges Hofkleid an, ein anderer rasierte mich, ein dritter steckte mir einen dicken Blumenstrauß vorn ins Knopfloch – ich wußte nicht wie mir geschah. In der Eile erfuhr ich dann: wie sie der Meinung seien, ich als Uneingeweihter bringe hier alles in solche Unordnung durch meine kritische Gegenwart; auch könnte ich wohl, wenn ich morgen vom Blocksberg käme, unten alles ausplaudern. Umbringen wollten sie mich nicht, weil ich der öffentlichen Meinung ausnehmend gefalle; ich mußte mich daher mit der letzteren sogleich vermählen, um ganz der Ihrige zu werden. – »Aber das ist ja ein Vergnügen zum Tollwerden!« rief ich auf das heftigste erschrocken aus. – »Bah, Kleinigkeit«, fiel mir der Professor in die Rede, »wir alle, die Sie hier sehen, sind schon mit ihr verheiratet.« – Mich schauerte bei dem Gedanken dieser ungeheueren Schwägerschaft!

Unterdes waren die anderen Gelehrten dennoch mit dem Volke um den Besitz des Thrones handgemein geworden; darüber bekamen die

Prinzipien Luft, die sie in die Regierungsmaschine verbaut hatten. Eins nach dem anderen streckte neugierig den Kopf hervor, und da es so lustig herging draußen, rüttelten und schüttelten sie und brachen den ganzen Plunder entzwei. Da sah man dort einen dürren Paragraphen, dort ein schweres Korollarium, hier einen luftigen Heischesatz aus den Trümmern steigen, und kaum fühlten sie sich frei, so lagen sie einander auch schon wieder in den Haaren und stürzten raufend in das dickste Getümmel.

Nun entstand eine allgemeine Schlägerei, da wußte keiner mehr, wer Freund oder Feind war! Dazwischen raste der Sturm, Besen flogen, tiefer unten krähte der rote Hahn wieder, bliesen die sieben Pfeifer, schrie der Wirt, die Bühne suchte die alte Freiheit und rührte und reckte sich in wilde Nebelqualme auseinander, ein entsetzliches übermenschliches Lachen ging durch die Lüfte, der ganze Berg schien auf einmal sich in die Runde zu drehen, erst langsam, dann geschwinder und immer geschwinder – mir vergingen die Gedanken, ich stürzte besinnungslos zu Boden.

Als ich die Augen wieder aufschlug, lag ich ruhig in dem Gasthofe »Zum goldenen Zeitgeist« im Bett. Die Sonne schien schon hell ins Zimmer, der fatale Kellner stand neben mir und lächelte wieder so ironisch, daß ich mich schämte, nach dem Professor, dem Pegasus und dem Blocksberg zu fragen. Ich griff verwirrt nach meinem Kopf: ich fühlte so etwas von Katzenjammer. Und in der Tat, da ich's jetzt recht betrachte, ich weiß nicht, ob nicht am Ende alles bloß ein Traum war, der mir, wie eine Fata Morgana, die duftigen Küsten jenes volksersehnten Eldorados vorgespiegelt. Dem aber sei nun wie ihm wolle, genug: »Auch ich war in Arkadien!«

Biographie

1788   *10. März:* Joseph Karl Benedikt Freiherr von Eichendorff wird auf Schloss Lubowitz bei Ratibor (Oberschlesien) als Sohn des preußischen Offiziers Adolf Theodor Rudolf von Eichendorff und seiner Frau Karoline, geb. Koch, geboren.

1793   Aristokratisch-katholische Erziehung durch den geistlichen Hauslehrer Bernhard Heinke (bis 1801).

1794   *Oktober:* Die Familie reist nach Prag.

1800   *12. November:* Beginn der Tagebuchaufzeichnungen. Umfassende Lektüre, unter anderem von Sagen, Abenteuer- und Ritterromanen sowie erste eigene literarische Versuche.

1801   *Oktober:* Zusammen mit dem zwei Jahre älteren Bruder Wilhelm besucht Eichendorff das katholische Gymnasium in Breslau, und lebt im St.-Josephs-Konvikt (bis 1804).
Besonderes Interesse am Theater.
Auf der Leseliste stehen nun Homer, Horaz, deutsche Volksbücher und Gedichte.

1802   Eichendorff spielt kleinere Rollen im Schülertheater.
Er verfasst einige Gedichte und Prosastücke.

1805   Zusammen mit dem Bruder Wilhelm Immatrikulation zum Jurastudium in Halle.
Nebenbei hören sie Literatur- und Philosophievorlesungen bei Friedrich August Wolf und Friedrich Schleiermacher.
Herbst: Reise durch den Harz, nach Hamburg und an die Ostsee.

1807   *Mai:* Fortsetzung des Studiums in Heidelberg. Die Eichendorff-Brüder besuchen unter anderem die Ästhetikvorlesungen von Johann Joseph von Görres.
Bekanntschaft mit Johann Diederich Gries, einem Dichter und Übersetzer romanischer Klassiker.
Beginn der Freundschaft mit dem romantischen Lyriker und Dramatiker Otto Heinrich Graf von Loeben.
Lektüre von Arnims und Brentanos im Vorjahr erschienener Volksliedsammlung »Des Knaben Wunderhorn«.

1808   *April–Juli:* Reise nach Paris und Wien.
Juli: Ankunft in Lubowitz, wo die Brüder den Vater bei der Bewirtschaftung der Familiengüter unterstützen (bis 1810).

1809 *Winter:* Gemeinsame Reise von Wilhelm und Joseph nach Berlin (Aufenthalt dort bis 1810) und Zusammentreffen mit Clemens Brentano, Achim von Arnim, Heinrich von Kleist und Adam Müller.

1810 Eichendorff beginnt mit der Arbeit an »Ahnung und Gegenwart«, einige später darin aufgenommene Gedichte entstehen.
Oktober: Zum Abschluss des Studiums reisen die Brüder nach Wien.

1811 Bekanntschaft mit der Familie Schlegel und Freundschaft mit dem Sohn Dorothea Schlegels, Philipp Veit.

1812 Besuch literaturwissenschaftlicher Vorlesungen bei Friedrich Schlegel und Adam Müller.
Die Eichendorff-Brüder legen die juristischen Referendarsprüfungen ab.

1813 Die Brüder gehen nun getrennte Wege. Wilhelm bleibt in Wien und wird dort österreichischer Beamter.
April: Joseph reist nach Breslau, um als Leutnant im Lützowschen Freikorps am Befreiungskrieg teilzunehmen (bis Dezember 1814).

1814 *Januar:* Militärdienst in Torgau (bis Mai).
Sommer und Herbst: Urlaubsaufenthalt in Lubowitz.
Dezember: Nach der Entlassung aus der Armee reist Eichendorff nach Berlin.

1815 *7. April:* Heirat mit Luise von Larisch.
April: Teilnahme am Befreiungskrieg in Lüttich und Paris (bis Januar 1816).
Eichendorffs erstes Prosawerk, der gesellschaftskritische Roman »Ahnung und Gegenwart« (6 Bände) wird von Fouqué herausgegeben. In dem Buch sind mehr als 50 Gedichte enthalten, darunter »In einem kühlen Grunde« und »O Täler weit, o Höhen«.
30. August: Geburt des Sohnes Hermann Joseph.

1816 Rückkehr aus Frankreich.
Juni: Umzug nach Breslau.
Referendariat bei der Königlichen Regierung (bis 1819).

1817 *Spätsommer:* Aufenthalt in Lubowitz.
Beginn der Arbeit am »Taugenichts«.
Geburt der Tochter Marie Therese Alexandrine.

1818	27. April: Der Vater stirbt.

1818   27. *April:* Der Vater stirbt.
Die Lorelei-Novelle »Das Marmorbild«, die Eichendorff 1817 in Breslau fertig gestellt hatte, erscheint in Fouqués »Frauentaschenbuch für das Jahr 1819«.

1819   *Oktober:* Eichendorff legt in Berlin die Assessorprüfung ab.
November: Anstellung in Breslau als Assessor bei der Königlichen Regierung.
Geburt des Sohnes Rudolf Joseph Julius.

1820   *Mai:* In Wien Treffen mit dem Bruder und mit Adam Müller.

1821   *Januar:* Eichendorff wird Konsistorial- und Schulrat in Danzig.
September: Anstellung als Regierungsrat.
Geburt der Tochter Agnes Clara.

1822   *April:* Tod der Mutter.

1823   Das erste Kapitel des »Taugenichts« wird in den »Deutschen Blättern« veröffentlicht.
Herbst: Vertretungstätigkeit am Berliner Ministerium für geistliche, Unterrichts- und Medizinal-Angelegenheiten.
Umgang mit Adelbert von Chamisso, Willibald Alexis und Julius Eduard Hitzig.
»Krieg den Philistern. Dramatisches Märchen in fünf Abenteuern« (vordatiert auf 1824).

1824   Eichendorff wird Oberpräsidialrat in Königsberg.

1826   Eine der bekanntesten romantischen Novellen, »Aus dem Leben eines Taugenichts«, erscheint. Auch in diesem Prosawerk Eichendorffs finden sich viele, zum Teil sehr bekannte Gedichte, z.B. »Wem Gott will rechte Gunst erweisen« und »Wohin ich geh und schaue«.

1827   Da sich wegen Uneinigkeit mit seinem Vorgesetzten die Arbeitsbedingungen in Königsberg zunehmend verschlechtern, beginnt Eichendorff, sich um eine neue Anstellung in West- oder Süddeutschland zu bemühen.

1828   »Meierbeths Glück und Ende. Tragödie mit Gesang und Tanz«.
»Ezzelin von Romano« (Trauerspiel).

1830   »Der letzte Held von Marienburg« (Trauerspiel).
Geburt der Tochter Anna Hedwig Josephine.

1831   *Sommer:* Eichendorff arbeitet in Berlin in mehreren Ministerien, ab Herbst im Außenministerium (bis Juni 1832).

1832   Tod der Tochter Anna Hedwig Josephine.

Eichendorff schreibt den Gedichtzyklus »Auf meines Kindes Tod«.

»Viel Lärmen um Nichts«, eine satirische Erzählung mit autobiographischen Elementen, erscheint (vordatiert auf 1833).

1833 »Die Freier« (Lustspiel in Prosa und Versen).
Beginn der Veröffentlichung von Gedichten im von Chamisso und Gustav Schwab herausgegebenen »Deutschen Musenalmanach«.

1834 »Dichter und ihre Gesellen« (Erzählung).

1836 Die Novelle »Das Schloß Dürande« erscheint in »Urania. Taschenbuch auf das Jahr 1837«.

1837 Die erste Sammlung von Eichendorffs »Gedichten«, zum Teil aus den erzählenden Werken, wird veröffentlicht.
Viele der Gedichte sind, vertont von Robert Schumann und anderen, zu bekannten Volksliedern geworden.

1838 Aufenthalt in München und Treffen mit Görres und Brentano. Weiterreise nach Wien.

1840 Eichendorffs Übersetzung der im 14. Jahrhundert entstandenen Erzählung »Der Graf Lucanor« von Don Juan Manuel erscheint.

1841 *Januar:* Eichendorff wird zum Geheimen Regierungsrat ernannt und in den Vorstand des Berliner Vereins für den Kölner Dombau berufen.
»Werke« (4 Bände).

1843 *Februar:* Eichendorff erkrankt an einer Lungenentzündung.
Mai–September: Arbeitsaufenthalt in Danzig und Marienburg.

1844 »Die Wiederherstellung des Schlosses zu Marienburg«.
Juni/Juli: Eichendorff wird aus gesundheitlichen Gründen pensioniert.

1845 *Sommer:* Aufenthalt in Sedlnitz und Wien, wo er den Bruder Wilhelm trifft.

1846 »Geistliche Schauspiele von Calderon« (Übersetzungen).
September: Reise nach Wien (bis Mai 1847).
Zusammentreffen mit Adalbert Stifter und Franz Grillparzer.

1847 Bekanntschaft mit dem Komponisten Robert Schumann.
»Über die ethische und religiöse Bedeutung der neueren romantischen Poesie in Deutschland«.
Dezember: Umzug nach Berlin.

1848 *Mai:* Wegen der Berliner Revolution Wohnungswechsel nach

Köthen und Dresden.

Entstehung politischer Gedichte.

Der Aufsatz »Die deutschen Volksschriftsteller« erscheint in den »Historisch-politischen Blättern«.

1849 *Januar:* Tod des Bruders Wilhelm.

Mai: Wegen des Dresdener Aufstandes vorübergehende Übersiedlung nach Köthen.

Herbst: Rückkehr nach Berlin.

1851 *Sommer:* Besuch in Sedlnitz.

»Der deutsche Roman des achtzehnten Jahrhunderts in seinem Verhältnis zum Christentum«.

1853 »Julian« (Epos).

»Geistliche Schauspiele von Calderon« (Übersetzungen, 2. Band).

November: Eichendorff erhält in München den Maximiliansorden für Wissenschaft und Kunst.

1854 In Berlin Zusammentreffen mit Theodor Fontane, Paul Heyse und Theodor Storm.

»Zur Geschichte des Dramas«.

1855 *Januar:* Die Ehefrau Luise erkrankt schwer.

Mai: Gemeinsame Übersiedlung nach Köthen.

»Robert und Guiscard« (Epos).

Sommer: Kur in Karlsbad.

November: Umzug nach Neiße.

3. Dezember: Tod Luises.

1856 *Sommer:* Auf Einladung des Breslauer Fürstbischofs Heinrich Förster Aufenthalt auf Schloss Johannesberg.

Dezember: »Geschichte der poetischen Literatur Deutschlands« (2 Teile, vordatiert auf 1857).

1857 *Sommer:* Aufenthalt in Sedlnitz und auf Schloss Johannesburg.

»Lucius« (Epos).

26. November: Eichendorff stirbt in Neiße.